Tessa
et
l'amour

Catalogage avant publication de Bibliothèque et Archives nationales du Québec et Bibliothèque et Archives Canada

Le Vann, Kate

Tessa et l'amour
(Génération [Filles])
Traduction de : Tessa in love.

Pour les jeunes de 10 ans et plus.

ISBN 978-2-89662-211-5

I. Kabuya, Edith, 1987-   . II. Titre. III. Collection : Génération Filles (Boucherville, Québec).

PZ23.L476Te 2013   j823'.914   C2012-942399-8

Édition
Les Éditions de Mortagne
C.P. 116
Boucherville (Québec) J4B 5E6
Tél. : 450 641-2387
Téléc. : 450 655-6092
Courriel : info@editionsdemortagne.com

Illustrations en couverture
©iStockphoto, Minimil ; ©123RF, Alisa Foytik

Dépôt légal
Bibliothèque et Archives Canada
Bibliothèque et Archives nationales du Québec
Bibliothèque Nationale de France
1er trimestre 2013
ISBN 978-2-89662-211-5
ISBN (epdf) 978-2-89662-212-2
ISBN (epub) 978-2-89662-213-9
1 2 3 4 5 – 13 – 17 16 15 14 13
Imprimé au Canada

Nous reconnaissons l'aide financière du gouvernement du Canada par l'entremise du Fonds du livre du Canada (FLC) et celle du gouvernement du Québec par l'entremise de la Société de développement des entreprises culturelles (SODEC) pour nos activités d'édition. Gouvernement du Québec – Programme de crédit d'impôt pour l'édition de livres – Gestion SODEC.

ASSOCIATION
NATIONALE
DES ÉDITEURS
DE LIVRES

Membre de l'Association nationale des éditeurs de livres (ANEL)

Kate Le Vann

Traduit et adapté de l'anglais
(Angleterre)
par Edith Kabuya

ÉDITIONS DE MORTAGNE

Chapitre 1

– L'amour est la dernière chose dont on a besoin en ce moment, Tessa, gémit Matty.

Le générique du film tire à sa fin et on est toutes les deux en train de pleurer de désespoir. On a beau avoir ri et critiqué le côté nunuche du film, on s'est fait avoir par la fin.

Comme d'habitude.

– Mais pourquooooiiiiii ? demandé-je super fort, comme si j'allais soudain me mettre à chanter. Moi, je veux être amoureuse ! Et de toute façon, toi, tu l'es ! Lee est parfait pour toi et il ne mourra pas dans un combat d'épées.

– Non, mais…

– Il est super mignon !

– Oui, bon, mais écoute…

– On passe la moitié de notre temps à regarder de vieux films d'amour en souhaitant que nos vies soient pareilles, et la tienne, elle l'est! Sans le côté tragique.

– Arrggh! râle Matty, n'en pouvant plus.

Elle roule sur le dos pour s'éloigner de moi. Pendant que le héros mourait à l'écran, on s'est installées sur le tapis : le sofa était beaucoup trop loin de l'action.

– OK, OK, désolée!

J'enfourne une poignée de Smarties; comme ça, je ne serai pas tentée de l'interrompre pendant un bout de temps.

– Cette année, déclare-t-elle, Lee finit son secondaire et nous, on a les examens du Ministère. On aura donc beaucoup trop de travaux pour passer du temps ensemble. L'année prochaine, il entrera au cégep, probablement dans une autre ville, et peut-être que, dans deux ans, ce sera aussi mon cas. On devra décider de maintenir une relation à longue distance ou... enfin, tu vois.

– Oh.

– Oh? répète-t-elle, faussement indignée. C'est tout ce que tu trouves à dire?

En fait, je suis encore en train de mâcher mes bonbons (ou, plutôt, en train d'essayer de les décoller de mes dents), mais j'aime bien comment mon hésitation me donne un air réfléchi et sérieux.

Chapitre 1

– Eh bien… ce sera difficile, c'est sûr, dis-je finalement.

Je ne sais pas si Matty est réellement triste ou simplement influencée par la fin déprimante du film ; peu importe, je tiens à la consoler.

– Ne t'inquiète pas, ça va marcher entre vous. Vous trouverez bien un moyen de vous voir, et il aura de longs week-ends de congé. Je suis convaincue que tout ira bien. Je te signale que moi, je n'ai jamais eu de problèmes en amour… parce que je n'ai jamais eu d'amoureux ! Je changerais de place avec toi sur-le-champ, si c'était possible ! Rappelle-toi que, pendant que je passais ma Saint-Valentin à jouer à l'ordinateur avec mon petit frère, tu étais avec Lee à recevoir des roses et un bracelet en cristal.

Rêveuse, Matty sourit en tripotant distraitement ledit bracelet.

– Il y a plein de garçons qui te trouvent à leur goût, remarque-t-elle. C'est juste toi qui es difficile à satisfaire.

Matty est vraiment gentille. Mais bon, si je lui ressemblais, je serais probablement gentille avec le monde entier moi aussi. Elle est incroyablement belle, avec ses cheveux acajou, courts et lustrés (la couleur étant une gracieuseté de L'Oréal), sa peau de porcelaine et ses lèvres semblables à celles d'Angelina Jolie. En plus, elle porte du C alors que moi, je ne remplis même pas mes bonnets A. Mes cheveux blonds prennent une couleur de rat

d'égout chaque fois que j'essaie de les teindre et ma peau est loin d'être parfaite; elle est plutôt livide, comme si je gisais sur mon lit de mort. Impossible que «plein de garçons» m'aient trouvée à leur goût durant mon existence.

Mais Matty parle tout le temps comme si nous étions jolies toutes les deux. Quand nous allons à des fêtes, elle dit des choses comme «on va tous les éblouir» ou «leurs mâchoires vont se décrocher quand on va arriver». En réalité, la seule façon que j'ai de faire décrocher des mâchoires, c'est en les faisant bâiller d'ennui.

– Faux! Je suis facile à satisfaire, lancé-je.

– Ha ha ha! s'esclaffe Matty en me jetant un regard qui signifie: «Mon argument est infaillible et c'est moi qui ai raison.»

Je pousse un gros soupir.

– Combien de garçons m'ont déjà demandé de sortir avec eux, Matty?

– Tu leur fais peur! Ils te trouvent belle, mais inaccessible…

– Oh, Matt, arrête de dire n'importe quoi…

– Tu leur rends la vie dure, Tessa!

C'est vrai que je leur rends *parfois* la vie dure, mais seulement parce que je sais qu'au fond, ils ne s'intéressent pas vraiment à moi. En m'obstinant avec eux, j'ai l'impression de prendre le dessus, de

Chapitre 1

ne pas me faire avoir. Ils ne me trouvent peut-être pas jolie ou sexy ou drôle, mais je peux les remettre à leur place en discutant du réchauffement de la planète ou de l'exploitation des travailleurs vietnamiens qui fabriquent leurs souliers de course à la mode. Ça me rassure de me sentir plus intelligente qu'eux.

Bon, d'accord, je suis peut-être injuste envers moi-même. Pour être tout à fait honnête, je panique en présence des garçons. Réellement. Oui, je suis vraiment touchée par ce qui se déroule dans le monde, et oui, ça me frustre que mon entourage ne voie pas plus loin que les dernières tendances mode ou les photos de célébrités qui exhibent leur cellulite à la plage. Si je discute avec un garçon que j'aime bien et qu'il m'asticote sur le fait que je ne connais pas tel ou tel groupe de musique actuel, j'essaie de me rappeler comment Matty s'y prend. Elle a le don de transformer un débat en flirt. Malheureusement, je finis toujours par sonner ultra sérieuse (même quand je ne le suis pas!). On dirait que je suis née avec le gène de l'humour atrophié. La moitié du temps, les garçons ne s'en rendent pas compte quand je fais une blague. Matty m'a rapporté qu'ils se plaignent souvent que je suis trop intense. Et je ne suis même pas intense! C'est juste que... je n'ai rien à dire qui n'est pas ennuyeux, alors j'ai vraiment l'air coincée.

— En tout cas, tout ce que je sais, c'est qu'être beau n'est pas la seule chose qui compte.

– Qui te plairait, dans ce cas-là? rétorque Matty. Tu n'as mentionné aucun nouveau garçon depuis Jean Chassé.

Je grince des dents:

– Ne commence pas avec lui!

– Mais tu as tellement *aiméééé* Jean Chassé! minaude-t-elle en ricanant.

– J'avais pas toute ma tête dans ce temps-là, d'accord?

– «Ooooh, Jean Chassé est tellemeeeent sexy», se moque Matty en imitant mon ton amouraché de l'époque. «Comment m'y prendre pour séduire Jean Chassé?»

L'année dernière, un étudiant français a atterri à notre école: il s'appelait Jean Chassé. Il était blond et j'aimais les blonds, il portait des lunettes et j'aimais les garçons à lunettes, il paraissait calme et timide. J'en ai glissé un mot à Matty, qui s'est ensuite arrangée pour qu'on se rencontre, lui et moi, dans une fête. Croyez-moi, ce n'était pas du tout subtil. Eh bien, j'ai pu découvrir que monsieur était:

a) un obsédé de *Donjons et Dragons*;

b) convaincu qu'il serait le plus jeune premier ministre du pays; et

c) (il s'agit du détail le plus pertinent) le genre de garçon qui non seulement vous avale les amygdales quand il vous embrasse, mais vous lèche aussi toute la figure (incluant les narines!).

Tout de suite après cette séance dégoulinante, Jean Chassé m'a déclaré (l'insulte suprême!) qu'on devait arrêter de se fréquenter. Il a passé la semaine suivante à m'éviter et à se cacher chaque fois qu'il m'apercevait. Dans un sursaut de bravoure qui ne me ressemble pas (et aussi parce qu'il était l'une des rares personnes à l'école *définitivement* moins cool que moi), je l'ai piégé dans un coin en lançant, très fort :

– Arrête de courir, Jean! Personne ici ne va te *Chassé*!

C'est devenu la réplique n° 1 à l'école cette semaine-là. C'était à la fois drôle et mortellement embarrassant.

Jean Chassé est en fait le dernier garçon que j'ai embrassé. Bon, d'accord, le premier aussi. J'ai continué à être semi-intéressée par les garçons qui m'avaient semi-intéressée par le passé. Il est clair qu'il ne se passera jamais rien entre eux et moi, et ça ne me dit rien de toute façon. Je veux quelqu'un de nouveau. Quelqu'un de différent.

– Tous les garçons de notre entourage me connaissent déjà. Trop tard pour faire semblant d'être sexy et drôle, maugrée-je à l'intention de ma meilleure amie.

— Tu n'as pas à faire semblant ! s'écrie Matty. Tu l'es !

— Pas pour *eux* ! Je suis sérieuse et bizarre. J'ai besoin de rencontrer quelqu'un d'aussi intello que moi. Quelqu'un qui lit les journaux, pas les magazines à potins.

— Oh, seigneur, soupire Matty d'un ton las. Ils n'en ont rien à cirer des journaux, les gars de notre âge.

— Ils devraient s'y intéresser, en tout cas.

— Oh, attends, je me trompe, Jean Chassé était *très* politique…

— Je te préviens, Matty…

J'essaie d'avoir l'air menaçante, mais je pouffe de rire aussi.

— Écoute, c'est facile, reprend Matty. D'abord, tu te trouves un garçon, ensuite, tu le changes. Assure-toi seulement de commencer par quelqu'un de *cute*.

— Je ne veux changer personne ! Est-ce vraiment trop demander qu'il soit parfait dès le départ ?

— Difficile à satisfaire, marmonne Matty.

— Regarde-toi, par exemple, dis-je, décidée à détourner la conversation loin de ma vie (non) amoureuse. Tu n'as pas changé Lee, n'est-ce pas ?

Chapitre 1

– Lee ? Le tombeur de filles ? Je l'ai *apprivoisé*, tu veux dire !

– Comme si un garçon regarderait une autre fille alors qu'il t'a, toi !

L'expression de Matty devient brusquement triste.

– Oh, des filles, il en regarde tout plein, soupire-t-elle. Il en parle aussi. Beaucoup trop à mon goût.

– Les garçons sont tellement nuls ! commenté-je avec empressement.

Je me sens tout à coup triste et honteuse de ne pas m'être informée plus souvent de sa relation, de la manière dont les choses se déroulaient avec Lee. J'ai toujours supposé que Matty pouvait faire face à n'importe quoi.

– Mais c'est ça le truc, Tessa ! lâche Matty. Les garçons sont tous nuls ! Ne gaspille pas ta vie à attendre celui qui répondra exactement à toutes tes exigences : donne la chance au coureur. (Son visage s'éclaire, parce qu'elle adore me donner des conseils.) Oublie ces histoires de « conscience politique » ou je sais pas trop quoi. S'il te fait rire, fais les premiers pas, lance-toi !

– Si seulement !

D'un geste désinvolte, Matty emmêle ses cheveux de façon à ce qu'ils aient l'air accidentellement magnifiques.

– Et t'es obligée d'admettre que tu as, toi aussi, un côté superficiel, ajoute-t-elle.

J'ouvre la bouche pour protester.

– N'essaie pas! me devance-t-elle. Tu adores les tops brillants, les *boys bands* et les séries télé. Qu'est-ce que tu vas faire si le gars qui te plaît ne veut pas te donner une chance, sous prétexte que tu ne regardes pas MusiquePlus?

– Euh… je vais lui demander de me changer? OK, OK, tu as raison.

– Je suis l'experte en la matière, j'ai mené mes propres recherches, renchérit Matty.

Je roule des yeux et sors un autre DVD du coffret : *Histoire d'amour.*

Chapitre 2

– Oh *my God*, je peux voir ? m'exclamé-je en arrachant le journal local des mains de papa.

Il reste assis là, les mains tendues dans la même position. Il lit le journal chaque soir avant qu'on passe à table.

– C'est drôle, j'aurais juré que j'étais en train de tenir quelque chose, lance-t-il.

– Désolée, papa, mais c'est important ! Tu savais qu'ils planifiaient de construire un supermarché là où il y a la forêt de Cadeby ? Eh bien, c'est confirmé, ils *vont* le faire ! Et…

– Ah, Cadeby, Cadeby, soupire papa. Combien d'aventuriers insouciants se sont perdus dans les profondeurs mystérieuses de ses bois ?

– Ouais, bon, il ne restera plus grand-chose du bois bientôt.

Tessa et l'amour

Cadeby était une immense forêt dense lorsque j'étais petite. Matty et moi avions l'habitude d'aller y ramasser des branches assez grandes pour être transformées en manches à balai de sorcières pour l'Halloween. Il y a des jacinthes qui y poussent au printemps, et des fraises sauvages en été. Le premier chum de Matty, Jim Fisk, s'est coupé à la main après avoir gravé « James + Mathilda » sur un des arbres avec un canif.

Plus on grandissait, cependant, plus la forêt rapetissait : au cours des cinq ou six dernières années, elle s'est fait dévorer de tous les côtés par des complexes immobiliers. À présent, ce n'est plus qu'un gros tas d'arbres et de roches coincé entre deux terrains résidentiels. Tout le monde continue de l'appeler *la forêt* même si, en hiver, on peut carrément voir ce qu'il y a de l'autre côté ; impossible de se perdre là-dedans si on marche en ligne droite une dizaine de minutes tout au plus.

Par contre, il y a encore des lièvres et des pics-bois ; j'ai déjà aperçu des renards aussi. Ça me bouleverse d'apprendre qu'un supermarché détruira le peu de vie sauvage qui s'accroche à la forêt, juste pour ouvrir sa millionième franchise. Voilà un autre habitat naturel qui devra céder sa place à un immeuble cloné (et super laid) créé par l'Homme. Les entrepreneurs vont bien sûr prétendre que c'était sous prétexte de fournir plus de choix à leur clientèle.

– C'est une mauvaise nouvelle, déclare maman en lisant le journal par-dessus mon épaule. Ça va générer d'interminables files de voitures dans le stationnement en soirée. C'est une zone résidentielle, ce sera tellement dangereux! Nos enfants jouent dans les rues...

– La *vraie* mauvaise nouvelle, c'est qu'il n'y aura plus de feux de joie illégaux! l'interrompt mon frère Jack.

– Est-ce que toi et ton idiot d'ami Steven auriez allumé d'autres feux? demande maman.

– Je blaguais! se hâte de répliquer Jack, la mine coupable.

– Je t'avertis : si tu reviens encore une fois avec un manteau carbonisé, je ne t'en achèterai pas d'autre, rétorque-t-elle en le foudroyant du regard.

– La bonne nouvelle, poursuit Jack, c'est que supermarché égale parc de *skate*!

– Oh non..., gémit ma mère.

– Je n'arrive pas à croire que tout ça te plaît! dis-je à l'intention de mon frère.

Je l'adore, mais il est tellement superficiel; il est aussi profond qu'une flaque d'eau.

– Hé, ça me déplaît autant qu'à toi! proteste Jack. Je suis simplement l'une de ces personnes qui voient toujours le bon côté des choses.

Sur ce, il se mouche bruyamment.

– Je suis démoralisée ! C'est un lieu d'une beauté exceptionnelle !

Ma famille échange un regard perplexe, comme si je venais d'une autre planète.

– Oh, vous ! Vous ne comprenez rien à rien ! me lamenté-je.

– Dans ce cas-là, participe à la manifestation ! propose Jack. Il y a un rassemblement d'écolos, ce samedi. Attache-toi à un arbre.

– Je pense que c'était un *journal*…, médite papa, les paumes toujours ouvertes dans la même position. Oui, oui, je crois bien que je tenais un *journal*.

– Désolée ! (Je lui rends le quotidien.) Voilà.

Messagerie instantanée avec Matty Prentiss
< mattyjp@spectraweb.com >
17 h 17

tessataylor: Peux-tu vraiment croire que le supermarché Nelson sera construit à la place de Cadeby ?

mattyjp: Euh… quelle honte !

tessataylor: Vmt vmt vmt vmt démoralisée à cause de ça. Ils vont tuer tous les renards et les animaux qui vivent là-dedans, tu sais… avec des BULLDOZERS.

mattyjp : Cette prétendue forêt est rendue tellement minuscule de toute façon. Il n'y a plus de renards de nos jours. Écoute, c'est triste et tout, mais s'ils construisent le truc, ils ouvriront une section de maquillage de la collection exclusive de Mara Uris ! Ce sera cool et pas cher. G magasiné une fois dans une de ces grosses franchises, à Manchester.

tessataylor : J'arrive pas à croire que t'es pas plus touchée que ça. À quelle heure tu manges ? Viens me rejoindre là-bas pour une min., on se recueillera un moment devant ton arbre d'amour, on pleurera notre jeunesse, puis on se révoltera.

mattyjp : Ah ! Mon arbre d'amour ! Si t'avais un arbre avec une inscription de Jean, tu serais la première à le *Chassé* sous un bulldozer.

tessataylor : Je ne tournerais pas le dos à un arbre marqué en mon honneur. Je ne le laisserais pas se faire charcuter.

mattyjp : Maman dit que le souper sera bientôt prêt, et je dois aussi faire mon devoir de physique, parce que le mariage des *EastEnders*[1] sera diffusé ce soir, avant un documentaire sur la chirurgie esthétique. Puis il fait SUPER FROID dehors !

tessataylor : Alors mets un bonnet. Cinq minutes, stp, stp, stp ? Veux parler. M'ennuie aussi, j'ai besoin de sortir de la maison.

---

1. *EastEnders* est un feuilleton télévisé extrêmement populaire diffusé en Grande-Bretagne depuis le milieu des années 1980.

mattyjp : OK, à tantôt devant chez moi.

tessataylor : Merci, t'es un ange.

— Tu veux que je *revienne* ici ? s'étrangle Matty en renouant son écharpe autour de son cou.

Dehors, il fait froid et presque noir : nous portons donc toutes les deux nos bonnets de laine. Matty est mignonne comme tout avec le sien tandis que moi, j'ai l'air bête.

— Oui. Samedi. Je veux dire, demain. Il y aura une manifestation pacifique.

— Ben, rapporte-moi seulement quelque chose à signer.

— Tu ne veux pas m'accompagner ? Regarde...

Je lui montre l'annonce agrafée sur le tronc d'un chêne.

— Où est l'arbre « James + Mathilda » ? s'interroge plutôt Matty, visiblement désintéressée. Ça fait des siècles que je l'ai pas vu.

Je la guide, vu que j'en connais l'emplacement exact : il est à côté du squelette tout blanc d'un arbre mort qui me fascine énormément. Le graffiti de Jim s'est estompé avec le temps. Le dernier *a* de Mathilda est mal gravé parce que Jim s'est aperçu qu'il saignait beaucoup trop pour continuer à prendre son temps, mais il tenait à le finir quand même.

En fait, Jim est encore amoureux de Matty. Il prétend qu'il veut juste rester son ami. Secrètement, j'ai toujours préféré Jim à Lee. J'ai même déjà eu un petit quelque chose pour lui, mais j'ai toujours su que je serais son second choix. Il n'a d'yeux que pour Matty.

– Hum. (Matty rit doucement.) Je parie que Jim ferait une crise cardiaque s'il savait que c'est encore là.

– Il est au courant.

– Je n'en suis pas si sûre… Il a déménagé à quinze kilomètres d'ici. Je ne crois pas qu'il vienne autant qu'avant.

– Peut-être que si.

– Ce serait trop adorable. Je vais le taquiner à ce propos.

Je n'ai aucune idée d'où Matty retire assez de confiance pour embêter quelqu'un qui est attiré par elle, comme s'il s'agissait de pas grand-chose. Pauvre Jim. Il aimerait ça pourtant, il aimerait que Matty lui démontre de l'attention, peu importe comment.

– Hiiiiiiiiiiiiiiiii ! Garçon épeurant droit devant ! m'écrié-je, sursautant à la vue d'un grand type aux cheveux longs et hirsutes, vêtu d'un manteau kaki.

Tandis qu'il avance vers nous, je m'empresse de souffler à Matty, le cœur battant à tout rompre :

– C'est OK, nous sommes deux.

– Tessa, on n'a pas besoin d'avoir peur des garçons. Nous sommes des femmes, maintenant.

– *Tu* l'es, murmuré-je en pensant à son tour de poitrine.

– Salut, les filles ! nous lance-t-il en s'approchant. Vous dites adieu aux arbres pendant que vous en avez encore l'occasion ?

– Hem, marmonne Matty alors que, de mon côté, j'émets un petit son étranglé.

Il ébauche un sourire et ralentit comme s'il allait s'arrêter pour jaser avec nous, puis il se ravise au dernier moment et poursuit son chemin.

Avec une grimace, je grogne :

– C'était quoi, ce bruit que j'ai fait ?

Le garçon a les mains dans les poches et il marche d'un pas sexy. Il ne se retourne plus vers nous.

– Tu t'effraies si facilement, se moque Matty.

– Il étudie à la même école que nous, non ?

– Oui.

– Il a un nom bizarre... quelque chose comme Renardo ou Lechat ou...

– Loup.

– Ou Griff... Oh oui, Loup. Tu le connais ?

– C'était un ami de Mustapha.

Mustapha est un autre ex de Matty. Ils ont rompu parce qu'il était plus vieux et qu'elle pensait qu'il souhaitait aller plus loin – vous savez, *plus loin*. Tout ça s'est déroulé il y a un moment, par contre.

– Tu te souviens que Mustapha avait un ami qui s'est fait suspendre pour avoir libéré la chèvre de l'école ? me rappelle Matty.

– Oui ! C'est l'ami ! Euh... c'est cet ami-là ?

– Oui. Le directeur a dit que la chèvre aurait pu se faire tuer parce qu'elle est allée très loin sur l'autoroute. Une voiture aurait pu l'écraser.

– C'est vraiment stupide de mettre la vie d'une chèvre en danger juste pour le plaisir de la chose.

Pourtant, Loup n'a pas l'air d'un *bad boy*. J'ai aimé son sourire et ses longs cheveux en bataille. Je déteste la coupe militaire des autres garçons de notre école. Ils sont pratiquement chauves.

– Bon, je dois y aller, annonce Matty. Tu nous accompagnes toujours, Lee et moi, au centre-ville demain ? Excuse-moi, ce ne sera plus une sortie « magasinage entre filles »...

Elle me jette un regard contrit. Même si je suis déçue par la tournure des événements, je n'ose

pas le lui dire... je ne veux pas qu'elle se sente
mal. Ces jours-ci, Lee s'incruste de plus en plus
souvent dans les activités que Matty et moi consi-
dérions comme notre routine.

Me sentant un peu coupable, je me souviens
que je viens juste d'essayer de convaincre Matty
de changer ses plans, moi aussi. Je désigne l'une
des affiches accrochées à un arbre, l'air penaud.

– Il y a la manif pour Cadeby, tu te rappelles ?

– Tu plaisantes ! Tu ne gaspilleras pas *tout* ton
samedi avec une bande de hippies à hurler que
les hamburgers sont du vrai poison et les super-
marchés, l'ennemi public numéro un ? À quoi bon ?
Ils vont le construire quand même.

– J'étais persuadée que tu changerais d'avis
après avoir vu à quel point c'était joli, ce soir... et
voilà ton arbre d'amour...

– Mon *ex*-arbre.

– Ça reste un arbre.

– Oh *my God*, non, tu es maboule, lâche Matty.
J'ai enfin reçu de l'argent de poche, j'ai un nouveau
CD à acheter et j'ai besoin d'un top pour la soirée
d'anniversaire de Georgia.

Je fixe mes mains.

– Désolée, s'excuse encore Matty.

Elle marque une pause avant de me fixer encore
plus intensément.

– Est-ce que tu es contrariée parce que Lee vient avec nous ? Je peux lui dire de ne pas venir. C'est juste que… je lui avais promis de l'aider à se dénicher un nouveau blouson…

– Non, pas du tout, je ne le suis pas ! Je pense simplement que cette manif est importante !

Matty paraît soulagée.

– Tu es vraiment maboule ! Téléphone-moi à ce sujet, demain matin ! Pfiou, il est déjà dix-huit heures ! Je dois filer !

Nous rebroussons chemin ensemble. Matty se dépêche de rentrer tandis que je traîne la patte en lançant de brefs coups d'œil vers la forêt. Soudain, j'ai envie de pleurer. Trop de changements s'opèrent en même temps. Matty invite des garçons à nos séances de magasinage du samedi et les lieux de mon enfance se font démolir. Je suis un peu effrayée aussi : tout survient trop vite et trop tôt. Bientôt, je devrai prendre des décisions importantes et je ne me sens pas prête.

En rentrant à la maison, je refuse de laisser mon esprit vagabonder sur des sujets qui m'inquiéteraient, comme les examens du Ministère et les cours enrichis et la fin du secondaire et me trouver un emploi et… stop !

Au lieu de ça, je tente de me remémorer ce que je sais sur Loup, le garçon à la chèvre. Et, peut-être parce que je n'ai pas rencontré quelqu'un de nouveau depuis un bout de temps, ou peut-être

parce que ça fait toujours du bien de ressasser ses souvenirs, un peu comme quand on visionne un vieux film qu'on n'a pas vu depuis des années, ça me fait sourire.

Matty et moi avons eu une conversation téléphonique un peu déplaisante, ce matin. On cherchait toutes les deux à savoir si l'autre était frustrée. Modifier notre routine s'apparente en effet à se poser un lapin l'une à l'autre. Maintenant que nous l'avons fait, qu'est-ce qui nous empêche de recommencer tout le temps à l'avenir?

On a toutes les deux prétendu que ce n'était rien et que ça nous arrangeait. J'irais faire un tour dans la forêt «juste pour le *fun*» et elle aiderait Lee à se choisir un blouson, parce que les garçons sont internationalement reconnus pour être nuls lorsqu'il s'agit de savoir ce qui leur va bien ou non. J'avoue que, de mon côté, je ne suis pas très intéressée par l'idée de traîner toute la journée dans la section pour hommes. En plus, ça va nous permettre d'échanger les récits de notre samedi

entre deux films d'amour, lors de notre prochaine soirée de filles.

En tout cas, c'est ce qu'on s'est promis au téléphone.

Honnêtement, ma *quasi*-dispute avec Matty a écorché ma confiance en moi. J'ai changé de tenue à peu près un million de fois avant de sortir de la maison. J'ai littéralement essayé toutes les jupes de ma garde-robe avant d'opter pour une mini rose et de longs bas épais… ça ne s'agence pas vraiment, mais bon.

– Je croyais que Matty et toi n'alliez pas en ville aujourd'hui? relève ma mère lorsque je descends les escaliers. Vous n'étiez pas censées participer à la manifestation de Cadeby?

– Ouais… c'est exactement ça.

Je réponds vaguement; je ne veux pas compliquer la situation en révélant que Matty et moi ne passerons pas la journée ensemble.

– Oh. Mais alors, pourquoi es-tu vêtue comme ça?

Les mères ont le don de jeter, mine de rien, des phrases qui donnent envie de se tirer une balle dans la tête.

– C'est juste une manif! Je ne vais pas grimper aux arbres ou me rouler dans la boue. Il n'y aura pas de police antiémeute.

Chapitre 3

– La police tout court sera probablement là, rectifie-t-elle. Tu seras prudente, n'est-ce pas ?

– Maman, tu peux carrément garder un œil sur moi juste en zieutant par la fenêtre du salon !

Ce n'est pas tout à fait vrai.

– Si les choses deviennent hors de contrôle…, commence-t-elle.

– Franchement, maman ! Comment les choses pourraient-elles déraper ? La plupart des manifestants seront aussi vieux que *toi*.

– Je ne suis quand même pas *si* vieille que ça ! s'offusque-t-elle.

– Ce n'est pas ce que je voulais dire.

– Je devrais peut-être t'accompagner. J'aime cette forêt, moi aussi. J'y ramasse souvent des brindilles pour les ajouter à mes arrangements floraux.

J'aime ma mère et je passe toujours du bon temps avec elle, mais je refuse qu'elle vienne avec moi. S'il y a une chose dont je suis certaine, c'est que j'aurais l'air de ne pas avoir eu la permission de sortir sans elle ou, pire, d'avoir *choisi* de me tenir avec ma mère un samedi matin ou, encore pire, d'avoir été *obligée* de me tenir avec ma mère un samedi matin parce que je n'ai pas d'autres amis.

– Ce ne sera pas nécessaire, réponds-je en m'efforçant de prendre un air insouciant. Je te rapporterai toute la documentation et tu pourras te contenter de protester par correspondance. Ça te va comme ça ?

– J'ai beaucoup de boulot à rattraper de toute façon, concède-t-elle en décochant un regard à la pile de papiers déposée sur la table de cuisine (elle est comptable à temps partiel; elle travaille souvent à la maison). Bon… tu seras en sécurité, je suppose. Je tiens toutefois à te rappeler qu'il est seulement onze heures et que nous sommes encore en février. Tu devrais repenser ta tenue disco.

– Ce n'est pas une tenue disco ! m'écrié-je, outrée.

Le pire, c'est que oui, j'admets que j'en ai fait un peu trop, mais je ne peux pas lui donner raison maintenant. Je sors donc comme ça. C'est juste une minijupe rose. Une *vieille* jupe. Ce n'est pas comme si j'avais mis une robe sans bretelles, et puis je porte des *souliers de course* !

Bon, c'est vrai, il y a des motifs argentés sur mes souliers… à certains endroits…

Lorsqu'on parle à travers son chapeau en espérant avoir tort, on peut être absolument certain que ce qu'on raconte va se révéler exact.

Bien sûr que tous les manifestants dans la forêt de Cadeby ont le même âge que ma mère... à part ceux qui sont *encore plus* vieux qu'elle! J'étais sur le point de continuer ma route et de prétendre que je n'avais pas eu l'intention de m'arrêter là quand j'ai aperçu le garçon aux cheveux longs d'hier. Loup. Il est avec trois autres personnes de notre école, et je m'aperçois que j'espérais le revoir ici... Il y a quelque chose dans sa posture, dans la façon dont il se tient, qui me donne envie de le connaître plus. C'est peut-être pour ça que j'ai pris autant de temps à me décider sur ma tenue ce matin. Quoique «tenue» soit un peu fort pour décrire ce que je porte : c'est juste une jupe, hein.

Les trois autres étudiants sont deux filles et un garçon. Celui-ci est petit et joufflu, avec un début de barbe sur le menton. Il a l'air de quelqu'un d'hilarant, puisque ses compagnons rient dès qu'il ouvre la bouche. Les deux filles sont grandes, ont des cheveux ridiculement longs et magnifiques, portent des jeans délavés et de jolis hauts vaporeux, cent fois plus élégants et décontractés que mes vêtements. Ma jupe me semble soudainement minuscule, mes bas glissent et j'ai l'horrible impression que mes jambes font trois fois leur taille normale. La chair de poule assaille mes cuisses, si blafardes qu'elles en deviennent aveuglantes.

Je me camoufle derrière un tronc d'arbre pour remonter discrètement mes bas. Je jette un coup d'œil furtif au groupe en espérant qu'ils ne m'ont

pas vue. Au même moment, Loup s'appuie aussi contre un arbre, souriant et hochant la tête, et, en répondant à son ami, il lève brièvement les yeux derrière ses cheveux et croise mon regard pendant une fraction de seconde. Il est totalement trop sexy.

Ce n'est pas un coup de foudre. Je le côtoie depuis des années. C'est plutôt comme si je le regardais véritablement pour la première fois.

Il me fait signe de les rejoindre! Je regarde par-dessus mon épaule pour m'assurer qu'il ne salue pas quelqu'un d'autre. Il éclate de rire et je lis sur ses lèvres : «Oui, toi.» Je tire le plus possible sur ma jupe, gratte un peu les feuilles qui sont au sol pour salir mes souliers et leur donner un air plus usé. Je m'avance ensuite vers le petit groupe, mais, à mi-chemin, j'oublie comment marcher et je me mets à faire des pas démesurément grands.

– Où est ton amie aujourd'hui? s'enquiert Loup.

Bien que je sois habituée à ce que les garçons demandent des nouvelles de Matty, mon cœur sombre douloureusement dans ma poitrine.

– Elle magasine avec son chum.

Ma voix aiguë me fait sonner stupide. J'ai l'impression de trahir Matty et de saboter ses chances avec Loup parce qu'il m'intéresse. Évidemment, elle a déjà quelqu'un dans sa vie, mais ma réaction était sûrement exagérée.

Chapitre 3

– C'est quoi, ton nom ? me demande l'une des filles (aux cheveux blonds et sublimement raides), comme si elle s'adressait à une enfant du primaire.

Mais elle ne l'a pas demandé sur un ton méchant. Je dois sûrement avoir l'air terrorisée.

– Tessa.

– Moi, c'est Jane, répond-elle. Désolée, Loup est trop impoli pour faire les présentations.

– On ne se connaît pas vraiment, précise celui-ci.

– Je croyais que oui, s'étonne Jane. Tu as dit tantôt : « C'est la fille d'hier. »

Oh. *My. God.* Je suis *la fille*.

– Ouais, je l'ai juste *vue*, on ne s'est pas parlé.

Enfin, *je* n'ai pas parlé. J'ai gargouillé.

– Toutes mes excuses, Tessa, me dit Jane. Quand il t'a fait signe de nous rejoindre, j'ai cru qu'il te connaissait.

– Hé ! Elle s'est approchée quand même, non ? riposte Loup avec un sourire.

Je ne suis pas sûre de ce qu'il entend par là.

– Je m'appelle Lara, déclare l'autre fille, aux cheveux bruns ondulés, tout aussi fabuleux.

Non mais, qu'est-ce qu'elles ont toutes, ces filles, et Matty aussi ? Les pubs de shampooing

ne mentent donc pas, et le secret de la chevelure parfaite existe *réellement*! C'est juste la mienne qui refuse de participer au mouvement!

– Lui, c'est Chuck.

Lara désigne le deuxième garçon d'un hochement de tête. Celui-ci lance:

– Salut! T'es ici pour sauver la forêt?

– Pour quelle autre raison serait-elle là? rétorque Loup, cynique.

– Eh bien, elle m'a l'air un peu trop branchée pour protester.

– Oh, tais-toi! lui balance Jane. (Elle se tourne vers moi.) C'est un idiot. Il trouve «branchées» tous ceux qui portent des vêtements datant des dix dernières années.

Chuck prétend être blessé par la réplique, ou peut-être l'est-il vraiment. Jane lui donne un coup de coude qui semble le remettre de bonne humeur. Comme Matty, elle a le don de rester relax en compagnie des garçons, et de les détendre à leur tour. Je tire une nouvelle fois sur ma jupe et j'essaie de trouver quelque chose d'intéressant ou d'amusant à partager.

– Je me suis promenée dans cette forêt pratiquement toute ma vie, avant même qu'elle se mette à rétrécir.

Chapitre 3

Le silence qui s'ensuit est assez long pour m'alarmer. Est-ce que j'ai dit quelque chose de bête?

– Ouais, moi aussi, déclare alors Loup. Mais je ne pense pas t'avoir croisée ici avant.

– Moi non plus.

Son regard m'hypnotise. Spontanément, Jane et Lara engagent une discussion à propos d'un type qu'elles connaissent, et Chuck se joint à elles, nous laissant ainsi, Loup et moi, libres de parler seul à seule.

– J'ai déjà aperçu des renards. Je veux dire, encore aujourd'hui, il reste un peu de vie sauvage, ajouté-je.

– Quand j'étais petit, je croyais dur comme fer que la forêt était infestée de loups. Je me suis perdu une fois et j'ai été pourchassé par un berger allemand. J'étais convaincu que c'en était un.

– Sérieusement?

– Mais il n'y a pas de loups par ici, poursuit-il, le regard pétillant.

– Ah, vraiment? dis-je d'un ton pince-sans-rire. C'est bon à savoir, merci.

J'ai peine à croire que je discute avec lui aussi facilement, d'une manière aussi enjouée, frôlant le flirt. Nous n'échangeons rien de très brillant,

mais… mais il y a quelque chose de plus, caché sous la surface…

– J'aimais quand même les loups, renchérit-il.

– Heureusement!

– Tu dis ça à cause de mon nom, hein? Tu as raison. Chuck a une phobie de la poupée Chucky et son surnom est la plus grande tragédie de son existence.

Je pouffe de rire, et nos regards se croisent.

Aucun d'entre nous ne pipe mot quand les vieux débattent de l'avenir de la forêt. À plusieurs reprises, les membres de la bande de Loup se poussent du coude ou imitent les personnes qui prennent la parole. À la fin, il se tourne vers moi :

– Je trouve ça vraiment cool que tu sois venue quand même, toute seule.

– C'était important.

Je crois sincèrement ce que je dis. J'espère qu'il me croit aussi.

– Ouais, lâche-t-il.

Petit moment de silence tendu. Les amis de Loup sont prêts à partir. Je suis terrifiée à l'idée qu'ils se sentent obligés de me demander de les accompagner par politesse alors qu'au fond, ils n'en auraient pas du tout envie.

Chapitre 3

– Je dois y aller, lancé-je très vite. Je vais voir une amie, celle qui était avec moi hier. C'était un plaisir de vous rencontrer! (J'emprunte un ton vraiment trop officiel, ce qui me donne l'air super jeune et inexpérimentée.) Ciao!

Je m'éloigne rapidement, oubliant encore une fois comment marcher normalement.

Je chuchote :

– Allez, aide-moi un peu ! T'a-t-il maltraitée ? Je suis de *ton* côté, tu sais… Pour l'instant, en tout cas. Donne-moi une seule raison de ne pas m'intéresser à Loup Cole.

La chèvre de l'école me dévisage sans cligner des yeux. Puis elle avise un trognon de pomme par terre, vers lequel elle se met à trottiner. Je me penche au-dessus de la clôture barbelée pour lui caresser le dos du bout des doigts. Ne me demandez surtout pas pourquoi l'école possède une chèvre. Apparemment, il y a eu une brève période expérimentale, où le jardinage et l'agriculture étaient des options pour les troisième et quatrième secondaires, probablement parce que l'école est située près de la campagne. L'option n'a toutefois pas été offerte à notre cohorte, cette année.

La chèvre vit dans un carré de terre clôturé avec, au fond, un petit hangar où elle peut s'abriter et, à côté, un poulailler et quelques plants de légumes. En deuxième secondaire, mes amis et moi sommes passés par une phase bizarre durant laquelle nous venions tous les midis nourrir les poulets de nos sandwiches, parce que manger ses sandwiches était définitivement «pas cool». On trouvait ça hilarant de regarder les poulets courir en rond et se battre pour des croûtes de pain tandis que nous, on s'empiffrait de barres de chocolat et de croustilles. Dès la troisième secondaire, l'école nous permet de dîner à l'extérieur. La plupart des élèves vont alors dans les cafés situés sur l'avenue Tanner.

On n'est pas retournés rendre visite à la chèvre et aux poulets depuis des lunes.

Matty allait chez le dentiste, ce matin, et je passe l'heure du dîner toute seule. Je suis restée plus longtemps en classe pour aider le prof à ranger des livres; j'ai donc raté le début du lunch. J'étais trop gênée pour m'intégrer dans mon groupe d'amis après ça. Vous savez, n'est-ce pas? Comment c'est dur de se joindre à une conversation qui a déjà été amorcée avant qu'on arrive?

– Tessa? appelle quelqu'un derrière moi.

C'est Lara, la fille aux cheveux bruns ondulés qui était à la manif de Cadeby. Jane, la gentille blonde, est à ses côtés.

– Salut! Il me semblait bien que c'était toi, dit Lara. Est-ce que tu as commencé à donner des tracts?

Nous avons pris quelques dépliants après la manifestation, avec la directive de les distribuer. Pour l'instant, je n'en ai offert qu'à mes parents, en leur demandant de les donner à leurs collègues de travail. Bien que j'en aie également apporté à l'école avec les meilleures intentions, je ne me suis toujours pas résolue à les faire circuler durant les récrés, ou ailleurs. J'ai peur d'avoir l'air trop intello.

– Hum, un peu.

– Ah! Ouais? Et qu'est-ce que la chèvre en pense? s'enquiert Lara.

Je l'observe en plissant les yeux : est-ce qu'elle se moque de moi, ou c'est juste une blague? Je n'arrive pas à le savoir. Je réponds donc :

– Je pense plutôt qu'elle a un problème avec Loup.

– Tu as raison : elle est toujours amoureuse de lui. Elle le considère comme son sauveur, renchérit Jane.

– Vraiment? J'ai entendu dire qu'il l'avait relâchée dans la rue.

Lara a l'air très ennuyée par ma réplique.

– Non, rétorque-t-elle sèchement.

Je crains d'avoir commis une erreur et qu'elle me déteste à présent.

– Ce qui est arrivé, c'est qu'il a demandé des tas de fois qu'on lui remplace sa clôture ou sa corde. Avant, elle avait cette espèce de câble horrible autour du cou : elle était forcée de marcher autour d'un piquet toute la journée. Parfois, le câble s'enroulait autour du piquet jusqu'à ne faire que six centimètres de long et ça lui coupait le cou, elle saignait beaucoup. Et personne ne faisait rien. Alors, un jour, Loup a grimpé par-dessus la clôture, a arraché le câble et l'a libérée. Il était furieux. Personne n'écoute jamais les élèves, hein ? Il pensait qu'elle flânerait un peu dans la cour, qu'un prof la verrait et l'attraperait : peut-être que, si un adulte se rendait compte à quel point elle était blessée, il agirait en conséquence. La chèvre est allée plus loin que prévu, mais pas jusque dans la rue. Elle s'est juste promenée autour du portail arrière, celui qui est loin du boulevard et des voitures…

Je. Suis. Mortifiée. J'ai insinué que leur ami était un massacreur de chèvres alors qu'en réalité, il s'agit d'un héros. J'attends que Lara termine avant d'enchaîner, très vite :

– Je ne savais rien de tout ça, juré !

– C'est correct, me rassure gentiment Jane. Comment aurais-tu pu être au courant ? Ça s'est passé il y a des années, quand nous étions encore en deuxième secondaire, ou peut-être même en première… En fait, tu n'étais probablement pas encore ici. Loup sera content d'apprendre qu'il est un voleur de chèvre légendaire !

– On m'a juste raconté que…

– Peu importe, m'interrompt Lara. Loup et la chèvre sont des amis de longue date.

J'ai l'impression qu'elle sous-entend en fait *qu'eux-mêmes* sont des amis de longue date et que je devrais peut-être me tenir dans mon coin sans me mêler de leurs affaires.

– Nous n'avons pas participé à la campagne de dépliants nous non plus, lance Jane pour changer de sujet. Nous voulons faire quelque chose de plus. Se plaindre de la situation ne suffit pas. Tu vois, samedi, c'était plaisant d'être parmi les arbres, c'était très paisible.

– Oui, admets-je. C'est l'un de mes endroits préférés…

Revenue de chez le dentiste, Matty apparaît soudainement et m'interrompt.

– Allô ! Dee m'a dit qu'elle t'avait vue ici. Qu'est-ce que j'ai raté, ce matin ?

Elle salue les deux autres filles, qui lui sourient.

– Rien, lui réponds-je. Matty, voici Jane et Lara. Elles participaient à la manif de Cadeby samedi. On parlait justement de ça.

– Oh, oui, je voulais venir, mais j'avais promis à quelqu'un de passer la journée avec lui, explique Matty, l'air peu naturel.

Matty n'a démontré aucune espèce d'intérêt pour la manif auparavant, mais à l'entendre, j'ai l'impression qu'elle est convaincue d'avoir réellement raté quelque chose. C'est vrai qu'elle avait déjà promis à Lee qu'elle le verrait ; peut-être qu'elle a minimisé l'importance de la manifestation pour que j'accepte le fait qu'elle aille plutôt à son rendez-vous avec lui.

– Il y aura d'autres manifs, je pense, spécule Jane. Tu devrais définitivement te joindre à nous la prochaine fois.

– Mouais.

Matty hoche la tête. Nous discutons encore un moment, puis l'heure de lunch se termine et nous nous séparons toutes les quatre.

– J'aurais peut-être dû y aller, murmure Matty.

– Tu as pris la bonne décision. T'as trouvé une veste pour Lee, non ?

– Oui… mais tu m'as manqué.

– Tu m'as manqué aussi. C'était à mourir d'ennui, de rester debout à écouter des citoyens de l'âge d'or faire des discours sur les malheurs du progrès et du monde moderne.

Je pense qu'elle veut que je lui confirme qu'il ne s'agissait pas de l'événement social de l'année. Même si Matty est branchée, élégante et confiante, même si c'est sur elle que les garçons se pâment, même si elle a toujours l'air de savoir quoi dire ou faire, je me retrouve parfois en train de déprécier ce que j'aime ou ce en quoi je crois, juste pour qu'elle se sente mieux. Je ne sais pas trop pourquoi je fais ça, peut-être parce que j'ai toujours été la moins cool des deux, celle dont on se moque tout le temps. Et je dois le rester, du moins pour un temps. Je ne me sens pas encore prête à ce que les choses changent : je n'ai pas l'impression d'être quelqu'un qu'on peut prendre au sérieux. Matty a parfois aussi besoin que je continue à jouer mon rôle ; sa vie évolue si vite qu'elle doit pouvoir compter sur quelqu'un de stable.

– Mais tu t'es fait des amis là-bas, non ?

– Lara et Jane ? Je crois que Lara me déteste. Jane est gentille, par contre.

Matty sourit en hochant la tête timidement.

– Elle est super belle. Est-ce qu'il y avait beaucoup d'autres élèves de notre école ?

– Oh *my God*, non ! Juste nous. C'était rempli de retraités. J'ai récolté les numéros de quelques pépés... ils doivent être dans mon sac, quelque part... (Je fais semblant de chercher et Matty éclate de rire.)

– Franchement, Tessa ! Tu te fiches de moi !

– Non, je t'assure, certains étaient vraiment beaux. Bon, la peau un peu flétrie, bien entendu, et quelques-uns étaient chauves, mais beaucoup avaient des dents toutes neuves...

– Oh *my God* ! s'exclame Matty.

Nous nous esclaffons et, du coup, c'est le retour à la normale entre nous deux.

– OK, je l'avoue, confesse Matty, je suis enchantée de ne pas y être allée. Tu sais que j'aime la forêt, et je suis sûre que la manif était bien touchante, mais ça me paraît inutile. Vous perdez votre temps : le supermarché a déjà acheté le terrain. Désolée d'être si franche...

– Tu as raison, mais ça vaut quand même la peine de se battre. Oui, d'accord, les grosses compagnies finissent toujours par gagner, mais parfois c'est bon de savoir qu'on n'est pas tout seul à espérer un changement, qu'il existe encore des valeurs importantes aux yeux de tous.

– Je vois ce que tu veux dire, acquiesce Matty. Alors, dis-moi, il n'y avait personne d'autre de l'école là-bas ?

– Quelques garçons.

– Ah ouais ? Pourquoi tu ne me l'as pas dit hier ? Quelqu'un... en *particulier* ?

– Le garçon qu'on a croisé dans la forêt l'autre jour.

Je garde un ton neutre. J'ai déjà commis, par le passé, l'erreur de confesser mon intérêt pour un garçon (ahem, JEAN CHASSÉ, keuf ! keuf !) et Matty a officialisé la chose d'un coup avant que je ne sois sûre de mes sentiments. Cette fois-ci, je

Chapitre 4

n'ai pas envie que ça m'échappe. Et, je l'admets, une part de moi-même, un peu immature, souhaite gagner l'approbation de Matty (est-ce que Loup est assez cool?) avant que j'aie officiellement un œil sur lui.

– Le pote de Mustapha? questionne Matty.

– Oui.

– Il était là avec les deux filles?

– Oui.

– Mais tu as mentionné «quelques garçons»?

– Oh oui, euh, un gars qui s'appelait Chuck.

– Je le connais, précise Matty. Poilu. Pas très beau.

– Ah, mouais.

Matty n'a pas l'air d'avoir quoi que ce soit à ajouter, et je suis sur le point de passer à autre chose lorsqu'elle commente:

– Ils sont un peu politisés, n'est-ce pas? Du genre très sérieux?

– Eh bien... ils sont drôles, aussi.

– Mmmm..., fait Matty avant de soupirer. Je parie qu'ils lisent les journaux...

– Je te vois venir! (Je ris.) Tu fais allusion à ma recherche de l'homme-parfait-qui-lit-les-journaux.

– C'est toi qui te plains tout le temps d'être célibataire !

Je continue de rire, malgré mon impression que Matty a ramené le sujet sur le tapis juste pour se moquer de moi, comme si elle sous-entendait : « Tu voulais un liseur de journaux, voilà ce que ça donne. »

Et, dans l'esprit de Matty, *ça* n'est pas quelque chose qu'une personne saine d'esprit souhaiterait.

Après la manifestation, on a tous échangé nos courriels. Je mets à jour mon carnet d'adresses électroniques et je passe une heure entière à rédiger un message de groupe qui dit :

De : ttaylor@spectraweb.com
À : cube@cube-jesuis.uk ; laramcc@globenet.com ;
kiestjane@worldscollide.uk ; loupc@globnet.com
Sujet : La forêt de Cadeby

Salut tout le monde !

C'était très agréable de faire votre connaissance samedi dernier et d'apprendre qu'il y a d'autres personnes préoccupées par le sort de Cadeby. Si vous planifiez une action, aussi minime soit-elle, à laquelle je pourrais participer, faites-le-moi savoir.

À bientôt,

Tessa

Sans blague : *une heure*. J'ai bricolé jusqu'à ce les mots perdent leur sens, le curseur de ma souris planant ici et là autour du bouton d'envoi. J'ai finalement décidé que ce courriel me ferait passer pour une *loser* monumentale : la seule raison pour laquelle je l'ai écrit, c'est pour que Loup sache qu'il peut lui aussi m'envoyer des messages spontanés, qui proclameraient de préférence que je suis jolie et finiraient par : «Oh, veux-tu sortir avec moi?»

Ce genre d'espoir garantit bien entendu une déception totale.

Mon frère, qui me harcèle maintenant pour utiliser l'ordinateur, risque de récupérer le message dans les archives et de se moquer de moi. Je l'ai donc mis à la corbeille.

– Es-tu certaine d'avoir terminé? demande Jack sur un ton prévenant qui ne lui ressemble pas.

Surprise, je réplique :

– Oui.

– OK, cool, merci.

Je souris. Juste au moment où je quitte la pièce, il m'interpelle :

– Hé, attends! Tu as reçu un nouveau message.

C'est un courriel de groupe, envoyé par Loup. (!!!!!!!!!!!!!!!!!!!!)

Ahem. Tessa, reste cool.

De : loupc@globenet.com
À : ttaylor@spectraweb.com ; cube@cube-jesuis.uk ;
laramcc@globenet.com ; kiestjane@worldscollide.uk
Sujet : Demain nous nous battons !

Camarades,

Nous ne déposerons pas les armes tant et aussi longtemps que la forêt ne sera pas un endroit libre où les
loups et les chèvres peuvent errer en toute sécurité.

Je pourrais mourir là, sur ma chaise. Lara et
Jane lui ont *clairement* rapporté ce que j'ai dit à
propos de la chèvre et, message de groupe ou non,
il est en train de se payer ma tête.

Mon cœur bat à tout rompre tandis que je
poursuis ma lecture.

Restez à l'écoute pour en savoir davantage.

À plus,

Loup

Il y a une limite au nombre de fois qu'on peut
relire un message de 49 mots, mais je suis sur le
point de recommencer quand Jack finit par lâcher :

– OK, OK, t'avais pas dit que t'avais terminé ?

– Oh, désolée !

Je me lève, malgré mon envie de rester devant
l'écran.

C'est officiel. Je suis tombée sous le charme du
grand méchant Loup.

Chapitre 5

– Alors il disait n'importe quoi, et moi j'étais comme : « Hé, tu sais au moins à qui tu as affaire ? » Et il était comme : « Non seulement j'sais pas, mais c'est clair que, même si tu me le disais, je le saurais pas plus », tu vois ? dit Lee.

– Oh *my God*, oui ! approuve Matty en opinant de la tête.

Hein ?

– Qu'est-ce que tu lui as répondu ? demande Matty.

Après l'école, nous sommes venus flâner dans notre café préféré, Hava Java. Matty et Lee sont blottis l'un contre l'autre dans un coin de la banquette. Il est en train de lui caresser le bras, alors que je suis assise, mal à l'aise, de l'autre côté. Je partage mon attention entre le récit de Lee et une nouvelle revue.

– Alors, c'était comme évident qu'aucun d'entre nous allait démordre, et je voulais pas me prendre un œil au beurre noir avant le week-end, même si je le mettrais K.-O. à mon tour, donc je suis resté debout avec mes mains dans les poches puis j'ai commencé à rigoler comme si c'était super drôle, tu vois? Parce que ça l'était, tu vois? Et j'étais comme : «Oublie ça, *man*, laisse faire, il est ma-gni-fi-que ton t-shirt, c'est cool Queen, *man*», et il est resté planté là comme un idiot et m'a regardé, genre *whatever, man*, puis il est parti.

– Ah! T'es tellement cool! soupire Matty. Je suis contente que tu sois resté calme. Je ne veux pas que tu sois impliqué dans une bagarre, surtout pas avec un fan de Queen.

Elle lui saisit délicatement le menton entre les doigts avant de l'embrasser sur une joue.

– Ça aurait pas été un combat loyal, réplique modestement Lee en avalant son thé.

Lee peut se montrer gentil et drôle, et il est définitivement cool et branché. Matty m'a raconté à quel point il est extraordinaire quand ils se retrouvent seuls ensemble : comment il la flatte et lui achète des cadeaux, et ainsi de suite…

Mais parfois – comme en ce moment –, je ne peux pas le supporter.

Je suis consciente d'être jalouse que Lee m'ait «volé» ma meilleure amie et qu'il passe autant de temps avec elle. Et d'être jalouse de Matty,

Chapitre 5

parce qu'elle a quelqu'un de spécial dans sa vie, un garçon avec qui elle peut parler, qui lui caresse le bras en public, la preuve irréfutable qu'elle est plus jolie, sexy et mature que moi. Je sais tout ça et je me sens vraiment horrible de le penser. Mais même si on met tous ces sentiments de côté un instant, Lee peut se montrer vraiment, vraiment ennuyeux. Un idiot très imbu de sa personne.

Ça m'inquiète que Matty ne s'en rende pas compte. Ou plutôt, au contraire, qu'elle s'en rende compte et qu'elle soit embarrassée que je l'aie remarqué aussi. Je ne veux pas qu'elle soit embarrassée : je ne veux pas lui donner une raison de plus de me sous-estimer et je ne veux définitivement pas qu'elle pense que je juge son petit ami (trop tard, déjà fait) ou la déprécie à cause de lui (parce que ce serait tout à fait faux).

Je passe trop de temps à m'inquiéter au sujet de Lee, de Matty, et à mon propre sujet.

Comme j'ai absolument besoin d'une pause, j'annonce que je vais au comptoir nous chercher d'autres boissons : est-ce qu'ils aimeraient boire quelque chose ? Lee veut un autre thé au lait (extra sucre) ; Matty, son habituel latté écrémé (le Matty-Latty). Pour ma part, j'opte pour un expresso très fort, histoire de me garder éveillée pour la seconde partie du récit de Lee.

Je me tiens debout à côté du comptoir de service, tambourinant sur la surface brillante, regardant dans le vide, lorsque le type derrière moi

dans la file me donne un coup de coude. Je ne m'y attends pas du tout alors je sursaute brusquement et il attrape mon avant-bras pour éviter que je ne perde pied.

– Ouuups! Désolé! s'excuse-t-il en riant. Je ne voulais pas te cogner aussi fort.

Je m'étrangle presque de joie : c'est Loup!!!!!! Assuré de m'avoir rééquilibrée, il me lâche en déclarant :

– Je suis content de t'avoir retrouvée. J'ai des nouvelles palpitantes.

Était-il véritablement à ma recherche?

– Oh, wow, à propos de Cadeby?

– Oui et... Hé, tes cafés sont prêts.

Il indique du menton le bout du comptoir, là où l'assistant dépose soigneusement les tasses.

– Euh...

Je suis bien plus intéressée par ses nouvelles que par mes boissons, mais je ne peux pas rapporter aux autres des boissons froides. Par contre, c'est l'excuse parfaite pour prendre une petite pause. Je lance :

– Attends-moi, je reviens dans deux secondes!

J'apporte le thé et le latté à mes amis, les faisant glisser devant eux sur la table.

– Je serai de retour dans pas long. J'ai juste...

Chapitre 5

– Est-ce que ce hippie te cause des ennuis? balance Lee avant de se mettre à ricaner.

– Hum…

– Chut! siffle Matty à son intention.

Avec un air gêné, elle hausse les épaules vers moi. Je secoue rapidement la tête pour lui faire comprendre que ça va.

– À tout de suite, dis-je.

Je retourne auprès de Loup, qui m'attend avec mon expresso.

– Trois dollars pour un café pas plus gros qu'un jaune d'œuf, commente-t-il. C'est scandaleux.

– Ce n'est pas la taille qui compte, mais la force, réponds-je en souhaitant qu'il capte mon sous-entendu, puisque je ne suis moi-même pas très grande.

J'espère seulement que ma réplique n'était pas trop osée. Il sourit en levant un sourcil.

– Je parie! Bon, écoute : le père de Chuck est l'éditeur en chef du journal local et il s'est arrangé pour nous – je répète, *nous* – garantir une rubrique complète. C'est fou! *A priori*, c'est «notre école» au complet qui s'adresse aux lecteurs, un peu dans le style «les étudiants prennent position», mais on s'en fiche, des autres élèves, ils n'étaient même pas présents à la manif. Chuck dit de toute façon que cette histoire nous appartient. Nous préparerons

une présentation à plusieurs volets : Lara a une plume extraordinaire...

Je me renfrogne un peu, me demandant s'il est amoureux de Lara.

– ... Chuck est incroyablement drôle, dans le genre sarcastique, et Jane est super brillante. Ce sera du gâteau !

– Et ?...

Il me vient à l'esprit qu'il ne reste pas grand-chose pour moi. Je sirote mon expresso. À vrai dire, je n'aime pas – *encore* – les expressos, mais j'ai résolu au Nouvel An de développer un goût pour ça ; je trouve que c'est beaucoup plus sophistiqué que mon traditionnel chocolat chaud à la crème fouettée. J'ajoute habituellement des tonnes de sucre dedans, mais devant Loup, je prétends le boire sec comme ça.

– Nous souhaitons absolument que tu nous donnes un coup de main, poursuit-il. Tu es très sincère et... *passionnée* lorsque tu mentionnes la forêt (je me sens rougir jusqu'à la racine des cheveux). Je parie que tu dénicheras un truc vraiment bien à ajouter. Je prendrai quelques photos. On veut que le résultat soit professionnel, donc prends ça au sérieux. Touche à quelques cordes sensibles pour t'assurer de recevoir du soutien. Le permis de construction n'a toujours pas été octroyé. Alors, on ne sait jamais.

Chapitre 5

– Oh, là là, tu penses vraiment qu'on pourrait faire une différence ?

– Ça vaut la peine d'essayer, réplique-t-il. Je te proposerais bien de venir avec moi dans la forêt faire du repérage pour ma séance photo, que ça convienne à ce que tu écriras… Mais je sais que c'est embêtant, tu es ici avec tes amis…

Il me regarde avec un air un peu intimidé, définitivement adorable, avant de baisser les yeux.

– On peut remettre ça à une autre fois, si tu es trop occupée. Ce n'est pas grave.

– Oui ! Je veux dire, non ! Il doit y avoir une date limite pour terminer la rubrique, n'est-ce pas ?

– Bien sûr : le plus tôt possible !

– Je pense que Matty et Lee s'en sortiront très bien sans moi, dis-je en hochant la tête. Je vais les avertir que je dois partir.

– Attends ! s'écrie Loup d'un ton alarmé.

– Quoi ?

– Tu as encore *tout* ce café à boire avant !

Je cligne des yeux, prenant trois secondes à m'apercevoir qu'il plaisante, et je laisse échapper un énorme éclat de rire.

– Je reviens bientôt, lancé-je de nouveau.

– Je t'attends, promet-il en jetant un bref coup d'œil dans la direction de Lee et de Matty.

– Tout va bien? demande cette dernière en plissant les yeux pour tenter de deviner pourquoi j'ai mis autant de temps à revenir.

– Oh oui, comme sur des roulettes! Loup et ses amis préparent cette espèce d'éditorial pour le journal local, à propos de la forêt, tu sais, la manifestation, et je leur ai promis que je leur offrirais mon aide. C'est un peu à la dernière minute, le journal nous a donné une date limite pour la remise, alors on doit s'organiser et, Loup et moi, on veut en discuter avant et… Bon, tu sais qu'on a plein de devoirs à faire ce soir en plus!

– Ouais…, répond Matty lentement. Je voulais juste m'assurer que tout allait bien…

– Qu'est-ce qui se passe avec ce clown? demande Lee. Tu es sûre que tu veux traîner avec cette bande de *weirdos*? Tu vas revenir avec le nez percé et une coupe rasta.

– C'est au sujet de la forêt…

– Je le lui ai expliqué! lance précipitamment Matty.

– En train de se faire des bracelets en macramé! chante Lee.

– Ce ne sont pas des hippies! m'énervé-je.

Je devrais peut-être tenter de rassurer Matty sur le fait que je veux *vraiment* partir et que je ne cherche pas juste à la laisser tranquille avec son

Chapitre 5

Lee. Sauf que ce n'est pas le moment d'admettre mon intérêt pour Loup.

– Texte-moi ou envoie-moi un courriel, dit Matty.

– Promis! Je serai à la maison bien avant toi!

Lorsque nous atteignons la forêt, le soleil brille bas, baignant le ciel d'une riche teinte dorée. Le visage de Loup est strié d'ombres et, quand un rayon qui filtre à travers les branches l'éclaire brièvement, il est étonnamment beau. Ses longs cheveux en bataille capturent la lumière tamisée, ses yeux se plissent sous l'effet de l'éblouissement.

Il ne fait pas froid, mais je frissonne quand même. J'espère qu'il ne s'en rend pas compte. Je parle beaucoup, trop, radotant des choses qui ne valent même pas la peine d'être formulées. Il est beaucoup plus calme que moi; lorsqu'il ouvre la bouche, il est rigolo ou juste adorable. Il me confie à quel point il apprécie l'atmosphère paisible de la forêt pendant que je me répète intérieurement: «Tais-toi, Tessa! Attends qu'il finisse de parler! Profite un peu du silence!»

Je suis certaine que je l'irrite, maintenant.

– Désolée, je parle trop!

– Non, pas du tout. Le véritable but de cette sortie était de me donner une idée de la manière dont tu perçois la forêt, et de ce que tu vas écrire à son sujet. Je reviendrai demain pour me mettre au travail.

– Je n'ai pas encore eu l'occasion d'y réfléchir. Je pourrais peut-être écrire quelque chose ce soir et revenir avec toi demain?

Je ferme les yeux, prête à me faire rejeter. Ça, dans *Le monde selon Tessa*, c'était une manœuvre trop directe et évidente. Il ne répond pas pendant un long moment, quelques secondes de trop. J'ouvre les yeux. Il me fixe droit dans les yeux. *Vas-y, dis-le, dis non. Dis que t'as besoin d'être seul pour bien travailler, mais s'il te plaît, sois gentil.*

– J'adorerais que tu viennes, répond-il.

Cette fois, je crois que j'ai réellement manqué de souffle.

Ni l'un ni l'autre n'ajoute quoi que ce soit. Nous ne faisons que nous dévisager. Il fronce les sourcils, j'entrouvre mes lèvres juste un peu, et je me surprends à penser : « Viens par ici, approche-toi, embrasse-moi, embrasse-moi juste une fois, ce sera suffisant pour me rendre heureuse pour le reste de mes jours! »

Je retiens mon souffle. Il recule.

– OK. On se voit demain après l'école? Le plus tôt possible, parce que j'ai besoin d'un bon éclairage. En ce moment, c'est pas mal, mais ça ne

paraîtra pas aussi bien dans un cliché en noir et blanc…

Et il continue de parler, s'éloignant de moi pour quitter la forêt. Je le suis, courant presque pour le rattraper.

Je suis *vraiment* rentrée avant Matty.

À mon réveil, j'ai à peu près cinq secondes de normalité avant de me souvenir de la veille, de la façon dont je me suis ridiculisée. En grognant, je remonte les couvertures par-dessus ma tête, me demandant si je peux m'en sortir aujourd'hui sans aller à l'école.

«Faudrait se rencontrer plus tôt», m'avait dit Loup, et c'est tant mieux comme ça, puisque ça n'a pris qu'un simple coucher de soleil pour que je le regarde comme un petit chien perdu. Il était sûrement conscient de ce que j'avais en tête. Comment ai-je pu penser qu'il voudrait m'embrasser? D'abord, tout indique qu'il est sur le point de sortir avec Lara : la façon dont elle l'a défendu, le ton admiratif qu'il prend lorsqu'il fait allusion à elle, le fait qu'elle ait une chevelure époustouflante. S'il a raconté à ses amis que j'avais un stupide béguin pour lui, je ne pourrai plus leur faire face à nouveau.

Il y a aussi Matty, qui culpabilise et qui croit que je me sens totalement délaissée. Elle ignore qu'au contraire, j'essaie de l'éviter pour lui cacher mon coup de foudre. Je suis la pire amie au monde. Je n'ai pas envie de partager ce que je ressens avec elle, surtout pas maintenant que je sais que Loup n'éprouvera jamais la même chose que moi. J'en ai marre de lui confier mes échecs amoureux.

On a une journée très occupée à l'école, et Matty et moi arrivons seulement à nous voir vers la fin de l'après-midi.

– Alors, commence Matty, Lee a débité pas mal d'idioties hier et je veux que tu saches que je ne pense pas comme lui ; en fait, lui-même ne pense pas vraiment ça. Il a juste un sens de l'humour tordu.

– Ça va, je t'assure.

– Je ne veux pas que notre amitié soit ruinée parce que tu as l'impression que mon petit ami n'arrive pas à la boucler.

– Oh, Matty, cesse de dire des bêtises. Tu sais bien que tu ne peux pas te débarrasser de moi. De toute façon, pourquoi ce que Lee raconte me vexerait-il ?

– Parce que tu craques totalement pour Loup.

Je la dévisage, bouche bée.

– C'est vrai, hein ? jubile-t-elle.

J'ouvre un peu plus la bouche et elle sourit malicieusement.

– J'avais donc raison ! Je suis ravie de constater que je peux encore lire en toi. Allez, tu peux lui courir après : ce sera génial. Quand est-ce que tu le revois ?

– Euh, ce soir. Je suis censée le rencontrer... Écoute, Matt, oublie ça, c'est évident qu'il n'est pas intéressé. Oui, je l'aime bien et oui, tu es une sorte de génie maléfique, mais ça ne sert à rien de s'exciter pour ça. Je trouverai bien chaussure à mon pied un jour.

– Mais de quoi tu parles ? Qu'est-ce qui s'est passé ?

Je lui narre les événements de la veille, dans la forêt : comment je suis restée les yeux levés vers lui et la bouche légèrement entrouverte, comment j'ai baissé les paupières par la suite... les techniques que Matty elle-même m'a enseignées afin de montrer à un garçon qu'il m'attire. Résultat, Loup s'est enfui de Cadeby comme si la forêt regorgeait d'ours enragés. Il a ensuite déplacé l'heure de notre prochain rendez-vous pour que ce soit avant le souper (l'heure la moins propice pour une *date*), de sorte que je ne me fasse pas d'idées.

– Tu ne peux pas affirmer qu'il ne s'intéresse pas à toi, objecte Matty.

– Il avait une occasion en or de m'avouer ce qu'il ressentait et il a plutôt décidé de déguerpir !

– Tu as donc toute la soirée pour le faire changer d'avis, déclare fermement Matty. Qu'est-ce que tu vas porter ?

– Probablement ça. On se rencontre tout de suite après l'école.

Matty me toise de la tête aux pieds. Je porte ma plus vieille paire de jeans et zéro maquillage, mes cheveux sont tirés vers l'arrière dans une queue-de-cheval. J'arbore également un *fabuleux* bouton sur le menton.

– Tu as encore le temps de te changer, commente-t-elle finalement.

– Mais je n'ai rien d'autre. Quoi qu'il en soit, tu ne comprends pas ? Je porte ça exprès. Maintenant qu'il se doute que j'ai un œil sur lui, je dois apparaître à *l'opposé* d'une fille qui veut le séduire. Si je me pointe maquillée et en minijupe, il va tout annuler en poussant un hurlement d'horreur.

– *Ou*, réplique Matty en libérant mes cheveux de leur queue-de-cheval, il pensera plutôt que tu t'es hippie-fiée dans le but de devenir son genre de fille. T'habiller mal, avoir l'air moins *matérialiste*...

– Nooooon ! m'écrié-je. Oh *my God*, est-ce qu'il peut vraiment penser ça ? Non, je parie qu'il trouve que je suis trop superficielle pour même s'imaginer qu'il y ait la moindre possibilité que...

– Tais-toi ! Tu me casses les oreilles ! m'interrompt Matty. Est-ce que tu l'as croisé aujourd'hui ?

– Non, mais quelle diffé…

– Suis-moi! Dépêche, on n'a pas de temps à perdre.

Matty m'entraîne jusqu'au studio d'art dramatique, où il y a des cabines d'essayage, dans une desquelles elle me force à prendre place.

– OK. Est-ce que tu as un t-shirt là-dessous? me demande-t-elle en désignant mon pull.

– Oui, mais il fait froid.

– Aucune importance; tu prendras ma veste en denim. Il est joli, ton t-shirt? Allez, enlève cette *chose*.

En dessous, je porte un t-shirt noir, décoré par une fleur blanche et souriante.

– Pas mal, approuve Matty. Tout n'est pas perdu. Maintenant, est-ce que tu as ta trousse de maquillage avec toi?

– J'ai seulement du mascara, comme d'habitude.

– Je sais, je sais, grogne mon amie. Mais ça ne se passera pas comme ça, aujourd'hui. Heureusement que je suis toujours équipée…

Elle m'oblige à me tenir tranquille pendant les dix minutes qui suivent, durant lesquelles elle frotte, poudre et peint mon visage. Une partie de moi est affolée, je n'arrête pas de penser : «Oh *my God*, elle va me donner le look d'une vraie tarte», mais d'un autre côté, ça me plaît secrètement.

J'ai toujours souhaité connaître un moment VIP du style «Miss Taylor, vous z'êtes ab-so-lu-ment ma-gni-fi-que!» Je suis toutefois l'une de ces filles qui deviennent terriblement moches si elles portent beaucoup de maquillage; je ne mise pas trop sur les talents de Matty.

– Et voilà! s'exclame cette dernière en me tendant son miroir de poche.

Je regarde.

Je regarde encore.

On ne croirait pas que je suis maquillée. Je suis tout simplement moi, mais en mieux. Mon nouvel ami, Super Bouton, a *complètement* disparu du paysage. Je balbutie :

– Qu'est-ce que tu?...

Je touche mon menton pour vérifier s'il est bien caché quelque part là-dessous, et Matty beugle :

– Arrggh! Pas touche! Allez, ouste, dégage! Va rejoindre ton prince.

Je me sens sentimentale, tout à coup.

– Matty...

– Je sais, je sais, me coupe-t-elle.

Ma confiance commence toutefois à s'effriter lorsque je me retrouve à nouveau seule. Je grimace intérieurement chaque fois que je me remémore l'instant où j'ai ouvert les yeux pour le retrouver

en train de me fixer, visiblement embarrassé. Il est évident qu'il trouve que ce n'était pas une bonne idée qu'on traîne tard ensemble ; voilà pourquoi il a ensuite suggéré de nous rencontrer plus tôt aujourd'hui.

Je décide de garder la tête haute et d'aborder la situation avec maturité. Je ne bavarderai pas autant qu'hier et je ne le regarderai pas avec des yeux ronds d'idiote folle amoureuse de lui. Quand nous aurons terminé, je prétendrai immédiatement devoir partir ; je ne m'attarderai pas jusqu'à ce qu'il se déniche une excuse pour se délivrer de moi.

Je rejoins Loup, qui est appuyé contre la porte où nous avons convenu de nous rejoindre. Seul, il observe le ciel et ne guette pas du tout mon arrivée. Il espère peut-être que je ne vienne pas. Il porte des pantalons de velours côtelé fanés ainsi qu'un t-shirt noir moulant. J'ignore mon cœur qui pompe à toute vitesse le sang à travers mon corps, me ressaisis et le hèle.

J'étais terrifiée à l'idée d'être à court de sujets de conversation pendant le chemin, mais finalement, c'est facile. Je commence par parler de la forêt et des notes que j'ai écrites à ce sujet, tout en souhaitant qu'il ne me demande pas de les lui montrer parce qu'elles sont griffonnées dans un cahier rose bonbon. Il enchaîne en me posant plein de questions, ce qui m'enlève un peu de pression, et sans m'en apercevoir je me retrouve en train de bavarder avec lui, sans y penser. Non

seulement je ne crains plus les longs silences, mais j'attends que Loup termine ses phrases afin de ne pas l'interrompre constamment. Il est vif et hilarant, enthousiaste et attentif à mes propos. Il semble vraiment me comprendre. Je ne me sens pas obligée de m'expliquer sans arrêt. C'est difficile de croire que nous avons aussi aisément passé l'éponge sur l'embarras de la veille.

Je raconte tous les moments que j'ai vécus, enfant, dans la forêt : Matty et moi à la recherche de renards parce qu'on venait tout juste de terminer un livre qu'on avait adoré, *Le petit renard roux*. Ma mère qui reproduisait des scènes de contes comme *Blanche-Neige*, tandis que nous marchions à travers les paysages féériques. Mon frère et moi en train de collectionner des feuilles, de grimper aux arbres, d'ériger des cachettes parmi leurs branches.

Et soudain nous voici dans la forêt. Loup sort son appareil photo et regarde à travers l'objectif.

Alors qu'il se concentre sur son travail, je m'aperçois que j'ai désobéi à ma propre règle de ne pas trop parler. Seulement, je me sens tellement relax ; je peux bien me pardonner cet écart. Dans le silence qui suit, je me demande si j'ai réellement capté l'intérêt de Loup avec toutes les idioties enfantines que j'ai débitées. Il est posté un peu plus loin devant moi : pour ne pas avoir l'air de le suivre ou de le dévisager, je marche lentement dans les environs, essayant de me souvenir du nom des fleurs que ma mère m'a appris.

Chapitre 6

Lorsque je lève les yeux, je vois Loup qui pointe son appareil photo vers moi. Je pousse un cri de protestation en ramenant les mains vers ma figure.

– Quoi ? demande-t-il doucement, comme s'il ne comprenait pas tout à fait.

– J'ai l'air horrible sur les photos ! Et je suis horrible tout court, aujourd'hui. Donc, ce sera horrible au carré !

Il s'approche de quelques pas.

– Tu es très bien comme ça. Mais, si tu ne veux pas être photographiée, c'est correct. Beaucoup de personnes détestent ça. Lara, par exemple, est incroyablement photogénique, mais elle est timide devant un appareil photo.

Message reçu cinq sur cinq. Lara est belle : ne perds pas ton temps, la petite.

– Alors, est-ce que le loup t'avait rattrapé ? lancé-je pour faire diversion.

Il est confus pendant un moment.

– Oh, tu parles du berger allemand ?

– Eh bien, merci de gâcher la fin de l'histoire.

Il éclate de rire.

– Bon, d'accord, le loup m'a vu ; j'ai vu le loup ; puis il s'est mis à me courir après en aboyant.

– *My God* ! Mais ça ne hurle pas, plutôt, les loups ?

– Je crois que les loups font une variété de sons, dont quelques-uns qui sonnent comme un aboiement de chien.

– Je vois…

– Je n'en doute pas une seconde. Donc, je m'enfuyais le plus rapidement possible avec mes shorts et mes bottes en caoutchouc (j'ai un grand sourire à cause de l'image qui me vient en tête). Le loup, lui, me pourchassait sans relâche. J'étais terrorisé… est-ce que j'ai mentionné qu'il était sans maître ? Il s'agissait d'un chien en liberté.

– Les gros chiens sont tout aussi dangereux que les loups, de toute façon, lui fais-je remarquer.

Il sourit à son tour.

– Tu marques un *excellent* point. Et ce détail procure une réelle ambiance menaçante à l'histoire. Je suis donc en train de courir, le loup me pourchasse, et le bout d'une de mes bottes se coince sous la racine surélevée d'un arbre. Je perds ma botte, mais je suis tellement effrayé que je ne m'arrête pas. Puis mon pied, mon pauvre pied nu sous ma chaussette, atterrit sur une roche pointue ; la douleur est… *intense*. Je tombe, le loup me rattrape, se tient au-dessus de moi, me montre ses grosses canines et ensuite…

– Ensuite ?

– Il me lèche toute la figure.

Chapitre 6

Je glousse ; Loup brandit immédiatement son appareil et prend une photo.

– Hé, pas juste !

– Tu étais jolie, se justifie-t-il.

Puis, détournant le regard, il ajoute :

– Nous aurons sûrement besoin d'une photo de tous ceux qui contribuent à l'article.

Il a peur que je me fasse de nouveau des idées. Pendant un instant, nous gardons le silence.

– Montre-moi l'arbre de ton amie, demande-t-il enfin.

Je l'amène jusqu'à l'arbre « James + Mathilda ». Il suit le tracé de leurs noms avec le bout de ses doigts.

– Un acte de vandalisme sans motif sur une belle conception de la nature, murmure-t-il.

Je le fixe, incrédule, puis me rends compte que c'est une blague.

– Ça a duré plus longtemps que leur histoire d'amour, dis-je à voix haute, avant d'ajouter tout bas : « Mais pas plus longtemps que l'amour de James. »

Cette pensée est étrangement réconfortante.

– Ouais, elle sort maintenant avec cette espèce de… Bof, c'est pas important, lâche Loup.

– J'ai l'impression que tu ne t'entends pas avec Lee.

Ils sont dans la même année, je suppose donc qu'ils se connaissent bien. Je n'arrive pas à croire que j'en parle avec Loup d'une manière aussi franche, aussi détendue.

– C'est le chum de ta meilleure amie, riposte-t-il. Ce ne serait pas très intelligent de ma part de parler dans son dos.

– Je ne vais pas le lui rapporter.

– Je voulais dire, en fait, que ça te ferait penser du mal de moi.

– C'est faux! m'exclamé-je. Moi-même, je ne suis pas une grande fan de Lee.

– Malgré ça…, commence-t-il.

– OK, tu as raison. Je ne devrais pas médire du copain de ma meilleure amie avec quelqu'un que je connais à peine.

– J'aurais préféré qu'à ce stade-ci, tu penses me connaître un peu plus, réplique Loup. C'est pratiquement une *date*.

Je refuse de croire qu'il vient de dire ça. Exactement comme je m'étais promis de ne pas le faire, je rétorque :

– Sauf que je ne t'attire pas.

– Vraiment?

Chapitre 6

– C'est évident que tu t'intéresses à Lara.

– Ah oui ?

– Et, même si tu ne l'étais pas, pourquoi... (Son visage est maintenant tout proche du mien, je m'interromps parce que je suis confuse et nerveuse.) Hier...

– Hier, j'avais un certain contrôle sur moi-même, chuchote-t-il. Je ne voulais pas que tu t'imagines que j'étais... tu sais, du genre : «Oh, viens dans les bois avec moi, je vais te montrer comment j'embrasse». Je prends cet article très au sérieux, il ne s'agit pas d'une tactique pour... Et puis, je n'étais pas sûr de ce que tu ressentais... Mais aujourd'hui, je t'ai écoutée raconter des histoires qui t'ont rendue encore plus adorable, je t'ai regardée à travers mon objectif, qui m'a révélé à quel point tu étais belle. Je suis en train de perdre la bataille.

Je recule jusqu'à être acculée contre l'arbre de Matty, mes bras ramenés derrière moi. Loup appuie sa main au-dessus de ma tête, contre le tronc, puis murmure :

– Est-ce que... Si je fais fausse route (nous retenons tous les deux notre souffle pendant quelques secondes, de peur de briser le charme), tu dois me le faire savoir maintenant.

– Tu ne le fais pas.

Il m'embrasse. Ses lèvres sont douces, je suis tout étourdie et, quand j'ouvre les yeux, il est encore bien là.

– Désolé, s'excuse-t-il.

– De quoi?

– Tu dois me prendre pour un *weirdo*. Tessa, je te jure, je n'ai pas planifié ça. Je ne t'ai pas amenée ici juste pour t'embrasser.

– Chut.

Je lui rends son baiser.

Mon père descend les escaliers au moment où Matty arrive chez moi après l'école pour s'enquérir de mon rendez-vous de la veille. Il a troqué son complet de travail pour le t-shirt des *Simpsons* que je lui ai acheté pour son anniversaire.

– Mathilda! l'accueille-t-il. Si on m'avait prévenu de ton arrivée, j'aurais enfilé quelque chose de plus à la mode.

Mon père adore Matt parce qu'elle s'adresse à lui comme si elle était également une adulte. Les jeunes de notre âge, moi incluse, sont gênés et ne s'expriment que par monosyllabes devant les parents, alors que Matty demeure fidèle à elle-même. Personne ne l'intimide.

– La mode passe, Bob. Pas le style, réplique Matty.

Je sais que jamais je ne paraîtrai aussi mature qu'elle.

– Ça prend quelqu'un d'élégant pour en être conscient, approuve papa. Es-tu ici pour abuser de notre forfait Internet?

– Je viens faire des travaux avec Tessa, rétorque mon amie, pince-sans-rire.

– Bien sûr que tu l'es (papa opine du chef). Faites-moi signe si vous avez besoin d'un casse-croûte, thé, café…

Aussitôt que la porte du bureau est refermée, Matty s'empresse de me bombarder de questions:

– T'a-t-il déjà envoyé un courriel?

– Oui, dès qu'il est rentré hier, mais j'en ai seulement pris connaissance aujourd'hui à mon retour.

– Tu me le fais lire?

Je cherche le courriel.

De: loupc@globenet.com
À: ttaylor@spectraweb.com
Sujet: …

Tessa,

Wow. J'aimerais te revoir encore, mais pas dans le but de sauver des arbres avec toi. Pas que sauver des arbres n'est pas important. En fait, oui, ce l'est.

Chapitre 7

ON DOIT ABSOLUMENT SAUVER CES ARBRES !!
Ce qui me rappelle que j'étais censé te dire qu'on
va tous chez Chuck ce vendredi pour regrouper nos
articles. J'espère vraiment que tu pourras être là.
J'espère aussi que toi et moi, on aura le temps de se
parler en privé après.

L

Tout en me mordillant la lèvre inférieure, je
demande à Matty :

– Qu'est-ce que t'en penses ?

– Ouais… (Elle n'a pas l'air convaincue.) C'est
cute.

– Qu'est-ce qu'il y a de mal à ça ?

– Rien.

– Mais encore ?…

– Il est un peu… Non, rien, se ravise-t-elle.

– Tu ne peux pas me faire ça ! Il est un peu
quoi ?

– Il est juste un peu…

Sa voix s'éteint.

– Sérieusement, Matty, crache le morceau ! Tu
me rends folle !

– Il est un peu intense, je trouve, avec son : « ON DOIT ABSOLUMENT SAUVER CES ARBRES !! »

– C'était une *blague* ! Il ne veut pas que je pense qu'il m'a emmenée dans la forêt juste pour m'embrasser, alors il prétend se rappeler que la forêt est importante.

– Wow, tu as déduit tout ça juste à partir d'un courriel ? souligne Matty en fronçant les sourcils, sceptique.

Je lève les yeux au ciel, incrédule. Bien sûr que j'ai déduit tout ça de son courriel : je *connais* Loup maintenant, je le *comprends*.

Oh *my God* : je le connais à peine, en fait ! Et si Matty avait raison ? Puis je me ressaisis : et alors, même si elle avait raison ? Il veut sauver la forêt, il n'y a rien de mal là-dedans. Matty n'aurait effectivement pas tort en le déclarant « intense ». Mais est-ce si mal que ça, quelqu'un d'un peu trop sérieux ? Moi qui n'arrêtais pas de me plaindre que les garçons étaient superficiels !

Arrggh, empêchez-moi de penser cinq minutes !

– Et puis, ce n'est pas *si* romantique ça, non ? poursuit Matty. C'est gentil et tout, mais…

– Il est romantique ! Il me murmurait plein de mots doux quand on s'embrassait.

— Ils font *tous* ça, réplique Matty. C'est pour éviter que t'arrêtes de les embrasser.

Perdant finalement mon calme, je m'écrie :

— Mais c'est *quoi* ton problème ! J'ai été célibataire toute ma vie et, quand je démontre enfin une once d'intérêt pour quelqu'un, tu agis comme si je devais laisser tomber !

— C'est justement *pour ça* ! se justifie Matty. Tu sais combien de temps j'ai perdu avec des *losers* ! Je m'assure seulement que ce gars-là soit le bon avant que ma meilleure amie ne le laisse entrer dans sa vie ! Tu m'as vue le cœur brisé des centaines de fois ! Je cherche juste à te protéger !

Euh, non, Matty n'a pas eu le cœur brisé aussi souvent que ça. Elle a pleurniché un peu lorsque les garçons qui ont rompu avec elle répandaient ensuite des méchancetés à son sujet ; elle a également versé quelques larmes pour ceux qui se faisaient de nouvelles petites amies, mais des cœurs brisés ? Il n'y en a pas eu tant que ça dans sa vie.

J'attends de reprendre mon calme pour lui répondre.

— Oui, je comprends. Je t'en suis reconnaissante. C'est juste que je suis nerveuse. Et excitée. Et j'ai peur. Et je suis trop trop trop contente !

— Alors, tant mieux. Il était temps qu'une beauté comme toi ait sa propre chance en amour.

– J'ai la trouille…

– Je sais. Ne t'inquiète pas, on sera prudentes. Est-ce que tu lui as déjà répondu ?

Jack cogne à la porte en demandant si nous en avons terminé avec l'ordinateur : il veut jouer à ses jeux débiles. J'entends ma mère lui crier d'en bas : « Laisse-les tranquilles ! Elles travaillent ! »

Nous sommes loin de bosser, bien sûr, mais les échanges de courriels amoureux se situent plus haut sur l'échelle des priorités que les jeux vidéo. Nous attendons quelques secondes, le temps que Jack se taise et s'éloigne.

– Oui, je lui ai répondu, dis-je à Matty.

– Le soir même ?

– Non, à mon retour cet après-midi. Je viens juste de le lire, tu te souviens ?

– C'est parfait ! Il s'est couché super anxieux, craignant d'avoir fait une chose terrible ou de t'avoir effrayée.

– Mais, Matt, je suis nulle pour jouer ce genre de *game*. Je l'aime bien. Beaucoup.

– Est-ce qu'il t'a textée ?

– Il n'a pas de téléphone cellulaire.

– Pourquoi ?

Chapitre 7

– Il... euh, il est anti-cellulaire. Il dit que l'être humain subit une pression constante, qu'il se doit d'être constamment disponible et en contact avec le monde moderne, qu'il se leurre en se croyant plus important qu'il ne l'est réellement, et que les cellulaires donnent des tumeurs au cerveau.

– Voilà un joyeux luron, marmonne Matty dans sa barbe. J'espère au moins qu'il embrasse bien.

– Il...

Je marque une pause. Je ne suis pas une experte en la matière. Pour être honnête, j'ai peur que ma propre technique fasse défaut.

– Oui ou non? me relance Matty. Sur une échelle de Jean Chassé jusqu'à Tobey McGuire?

– Comme Spider-Man! Pas comme Chassé!

– C'est pas grave s'il n'est pas parfait. C'est l'une des choses que tu peux changer chez lui... pour autant qu'il démontre un potentiel initial.

– Matty, mes genoux sont devenus tout mous, et ma tête a commencé à tourner... Un baiser parrrrrfait.

– Je me souviens de mon premier baiser avec Lee, soupire Matty. Il fumait encore dans ce temps-là, et sa bouche goûtait amer...

– Beurk! Pourquoi tu voulais l'embrasser, alors?

– Parce que, malgré les cigarettes, c'était… oh, c'était vraiment agréable. Et puis, je savais que je pouvais le faire arrêter de fumer. Et j'ai réussi! C'est une autre façon de les transformer.

– D'accord, mais je ne veux rien transformer chez Loup.

Matty sourit comme si elle était au courant de quelque chose que j'ignore.

– Je ne changerai pas d'idée!

– Je n'ai rien dit, réplique-t-elle.

Nous lisons ma réponse au courriel de Loup, à laquelle Matty donne son approbation (je n'en ai pas trop révélé, selon elle). Ma meilleure amie pense qu'il est crucial que je joue la difficile. Je n'en vois pas l'intérêt parce que :

a) je ne suis pas difficile ;

b) je ne veux pas donner une raison à Loup de changer d'avis à mon sujet.

Matty prétend que je n'y comprends rien : la seule façon de tester un garçon et de découvrir s'il en vaut la peine ou non, c'est de le faire travailler. De cette façon, on évite d'être blessée. J'aimerais lui dire que je *sais* que Loup est bon garçon. Il se peut qu'il soit moins attiré par moi que je ne le pense, ou qu'il se désintéresse carrément de ma personne, mais je ne peux tout simplement pas l'imaginer maltraiter qui que ce soit. Mais Matty

répliquerait seulement que je ne connais pas les garçons autant qu'elle. Alors, je lui lance :

– Écoute, je n'ai aucune idée de ce qui va se passer ! C'est trop tôt pour le savoir. Je devrais attendre un peu avant de jouer les difficiles.

– C'est le premier gars qui t'intéresse depuis des siècles, fait-elle doucement. Tu l'as embrassé. Ce n'est pas rien ! Après tout, tu as bien essayé de me cacher ton béguin pour lui.

– Non !

– Ah bon ? Comment se fait-il que j'ai dû te tirer les vers du nez, alors ?

Je rougis vivement.

– Ben… je voulais pas passer pour une idiote.

– T'es certaine que c'est pas parce que Lee a raconté plein de conneries à son sujet ?

– Non. Je veux dire : oui, je suis certaine.

– Lee est seulement différent, OK ? Ils sont très différents l'un de l'autre.

– Ouais, j'ai remarqué. Et *oui*, Loup a un look un peu débraillé. C'est pas comme si Lee avait dit quelque chose de réellement méchant.

– Le look débraillé ? Tu pourras modifier ça sans problème, commente Matty avec un sourire narquois.

– Mais je veux PAS !

Nous éclatons toutes les deux de rire.

Je crois que, en ce qui a trait aux relations amoureuses, Matty tente trop désespérément de me convaincre qu'elle a tout vu, tout fait. C'est peut-être parce que je lui ai cassé les oreilles avec Loup : je n'ai pas eu la chance de le voir aujourd'hui, et Matty et moi avons passé l'heure du lunch avec la bibliothécaire à placer les retours de livres en ordre alphabétique sur les étagères. J'ai parlé de lui sans arrêt. Soit j'avais l'air de fanfaronner avec mes histoires, soit Matty pense que je ne le fréquente pas depuis assez longtemps pour être certaine de ses sentiments envers moi. C'est dur de trouver le juste équilibre. Matty a toujours été celle qui vivait des histoires d'amour, et moi celle qui se réjouissait pour elle, qui blaguait sur mon pauvre sort de célibataire. J'entre en territoire inexploré.

Et si nos chums ne s'aimaient pas du tout? Pourrions-nous passer du temps ensemble en tant que couples? Ou pire : si Matty et Loup ne pouvaient pas se supporter? L'idée que la chose que je désire le plus au monde puisse être celle qui me crée le plus de problèmes est franchement inquiétante.

Plus inquiétant encore : le fait que Loup ne m'ait pas officiellement demandé de sortir avec lui. Il y a des milliers de chances que je le dégoûte d'ici la semaine prochaine. Peut-être que c'est déjà

Chapitre 7

fait ; je n'ai répondu à son courriel que vingt-quatre heures plus tard. Malgré tout ce que j'ai dit à Matty à propos de ne pas jouer les difficiles, il est possible qu'accidentellement… je les aie trop bien jouées.

Apparemment, Loup n'a pas glissé un seul mot à ses amis à propos de nous.

Nous sommes vendredi, après l'école, et nous voilà tous chez Chuck comme prévu. Sa mère est royalement chic et snob. Je m'efforce de ne pas trop regarder dans la direction de Loup ni de trop parler. Je leur ai lu mon article sur ce que la forêt représentait pour moi. En fait, ils m'ont *obligée* à le lire à voix haute. J'avais le cou brûlant, les joues cramoisies et la voix qui craquait un peu. Lorsque j'ai terminé, j'étais certaine qu'ils allaient tous exploser de rire. Ils ne l'ont pas fait, mais j'étais quand même morte d'embarras.

– C'était très beau, commente Jane. Ça va toucher le cœur de toutes les mémés.

Je sais qu'elle se montre juste galante, et je me dis qu'elle a dû trouver ça plutôt bébé. La

contribution de Lara était quant à elle politique et vraiment intelligente. Tellement que j'ai failli éclater de rire en notant la différence abyssale entre son travail et le mien.

Loup étale ses photos en nous les décrivant avec modestie. Elles sont magnifiques. La forêt apparaît gigantesque et magique, sans aucune indication de la façon dont elle a été réduite au fil des ans pour permettre la construction de davantage de logements. Même si rien ne s'était passé entre Loup et moi (ou même si rien ne se passera plus jamais), je serais heureuse de pouvoir conserver l'un de ces clichés. Je n'ose pas le lui demander, mais je suis soulagée qu'il n'ait pas inclus la photo qu'il a prise de moi quand nous étions là-bas.

Le père de Chuck – c'est lui, le journaliste – déboule dans la pièce et nous pose plein de questions. Je n'y réponds certainement pas avec la même assurance que Matty affiche devant mon père à moi. Je me contente de rester inconfortablement assise sur le bras d'un sofa (il n'y avait pas suffisamment de place pour tout le monde) et de couiner une réponse lorsqu'on s'adresse à moi. Entre-temps, je me dis que, peu importe l'angle sous lequel Loup me voyait auparavant, il doit à présent être convaincu que je suis une *idiote* finie. Impossible qu'il veuille me parler en privé après cela !

Le père de Chuck feuillette le paquet de photos, saisit l'une de celles qui exhibent le mieux l'ensemble de la forêt, puis déclare :

– Je suppose que celle-là fera l'affaire... mais j'ai bien peur que nous soyons quand même obligés d'envoyer l'un de nos hommes sur le terrain. Nous utilisons un type standard d'images : nous ne sommes tout de même pas la Galerie nationale de photographie.

Il rit et, impassible, Loup lui répond :

– Ça va. Je me doutais que ça pouvait arriver.

Malgré le fait que le père de Chuck complimente (en quelque sorte) sa photo, je devine qu'il doit être extrêmement déçu. Jane et Lara annoncent qu'elles doivent rentrer pour souper, et Chuck déclare qu'il a du travail à terminer. Je lance un bref coup d'œil à Loup, puis marmonne que je dois partir aussi. Il me rattrape rapidement en soufflant : « N'essaie même pas de t'enfuir. »

Quand nous sommes seuls dans la rue, il me prend par la main.

– Te demandes-tu pourquoi j'ai rien dit à personne ?... Ou, au contraire, es-tu ravie que j'aie gardé le secret ?

Ses yeux bruns rencontrent les miens.

– Euh...

Que répondre ? J'opte pour la vérité.

– Je me demandais plutôt si tu avais changé d'idée.

Il sourit, puis m'embrasse gentiment.

– Oh non.

– Ben…

– J'étais pas certain de ce que tu ressentais de ton côté, admet-il. Et c'est pas absolument nécessaire de tout révéler de notre vie amoureuse à nos amis, tu trouves pas ?

Je suis d'accord… bien que je n'aie pas beaucoup de matière à partager de toute façon.

– Est-ce que tes parents s'attendent à ce que tu rentres maintenant, ou bien je peux te cuisiner quelque chose ? propose Loup.

Wouaouh ! Trop de choses qui arrivent en même temps !

– Quelque chose de simple, précise Loup. Je te préviens seulement que ce sera végé…

Je ne réponds toujours pas. Est-ce que j'ai perdu la parole ?

– Tu sais, tu seras pas obligée de me demander en mariage si c'est délicieux, insiste Loup, fronçant les sourcils l'air faussement confus.

Je ris, soulagée de constater qu'il n'a pas envie de déguerpir loin de la fofolle indécise que je suis.

– Mais si c'est vraiment très bon, poursuit-il, tu voudras peut-être réellement considérer l'idée du mariage ! JE BLAGUE !

Il parle si vite que je n'ai pas le temps de me poser de questions. Il ne fait que plaisanter; je m'ordonne de vieillir un peu. Voilà ce qui arrive quand on atteint l'âge de seize ans sans jamais avoir eu de chum : on agit comme une dingue immature chaque fois qu'un garçon nous parle. J'aurais dû prêter plus attention au comportement de Matty. Mais, comme je la connais, elle m'aurait probablement suggéré de rentrer tout de suite à la maison et de ne pas le rappeler avant une semaine... et puis, j'ai faim, bon.

– D'accord, c'est une excellente idée. Je dois juste texter ma mère pour la prévenir que je rentrerai plus tard.

– Ne t'attends pas à grand-chose, se hâte d'ajouter Loup. Je suis loin d'être le meilleur cuisinier de la planète. Je... je mélange un peu de tout ensemble.

Je hoche la tête en commentant :

– J'aime bien les mélanges... surtout quand il y a de tout ensemble.

Il rit.

Tandis que nous cheminons vers son domicile, j'ai des visions d'un appartement bohème, avec des tapis décolorés accrochés aux murs et des pièces embrumées par la fumée d'encens de patchouli; la mère de Loup s'y promènerait nu-pieds, ses longs cheveux dénoués, des clochettes aux poignets, refusant de cuisiner parce qu'il est humiliant d'être

soumise à des tâches traditionnellement féminines. Son père jouerait de la harpe dans un coin du salon.

À ma grande surprise, il s'agit d'une maison tout à fait ordinaire. C'est petit et très désordonné. Dans la cuisine, une boîte de pizza vide siège sur un comptoir couvert de miettes, le lavabo croule sous la vaisselle sale, dont un poêlon dans lequel gisent des œufs brouillés séchés. Il n'y a personne d'autre à l'intérieur.

– Tu es probablement découragée par le désordre, dit Loup. Tu dois te demander : « Non mais, qu'est-ce que je fiche ici avec ce souillon ? »

– C'est juste quelques assiettes.

– Non, c'est juste le désordre total, me corrige-t-il. Je suis désolé… J'aurais dû y penser avant de t'inviter. C'est mon père qui a laissé traîner tout ça. Il commence parfois le boulot immédiatement après le dîner.

– Je ne suis pas offensée, je t'assure.

Sa soudaine anxiété me fait sourire et sentir plus en confiance.

– À quelle heure sera-t-il de retour ?

– Je ne sais pas. C'est un représentant en informatique. La plupart du temps, il conduit sur de longues distances, alors il revient très tard. Il ne sera probablement pas de retour avant que tu sois partie.

Chapitre 8

Pendant un instant, je me demande si c'est vraiment sage de rester seule dans une maison avec un garçon que je ne connais pas depuis longtemps. Le doute s'estompe rapidement : je me sens tout à fait en sécurité avec Loup.

Je retrousse mes manches.

– Je vais nettoyer ; toi, occupe-toi de la bouffe.

– Je ne t'ai pas invitée pour que tu te mettes à récurer la place !

– Tu cuisines pour moi. C'est un bon marché, il me semble.

Je commence par remplir l'évier d'eau savonneuse, ne pouvant m'empêcher de jeter un coup d'œil furtif par-dessus mon épaule lorsque Loup se dirige vers le réfrigérateur. C'est bourré de repas surgelés empilés les uns sur les autres, de tartes à la crème... à l'exception d'une étagère, qui regorge au contraire de sacs en papier brun, de champignons, de tomates fraîches, de pommes, de bâtons de céleris, de carottes, de lait biologique et de beurre. Loup me surprend en train de zieuter.

– T'inquiète. Mon père et moi, on a deux styles de cuisine différents.

– Comment ? Vous ne prenez jamais vos repas ensemble ? m'étonné-je.

– Tu plaisantes ? Mon père n'aime que ce qui a déjà marché sur deux ou quatre pattes.

– Oh.

– Je vois. Tu consommes de la viande.

– Ouais. Tu me détestes?

– Bien sûr que non. Je suis seulement étonné. Tu aimes tellement la faune sauvage de Cadeby, et tu as une si belle conscience environnementale… (Il hausse une épaule.) Ce n'est pas mes affaires si tu dévores Bambi et Panpan.

Il ébauche un sourire quand il dit ça, alors je ne le prends pas mal. Je riposte:

– OK, premièrement, je n'y ai jamais vraiment réfléchi; mes parents cuisinent tout le temps pour nous, alors je ne suis pas un grand chef comme tu l'es visiblement. Deuxièmement, je ne bouffe pas les chevreuils et les lapins. Je ne suis pas…

– Qu'est-ce que tu n'es pas d'autre? insiste-t-il en caressant la courbe de ma joue, amusé.

– Le premier ministre.

Je lui rends son sourire. Il se penche vers moi pour m'embrasser.

– J'espère bien que non, chuchote-t-il contre mes lèvres. Je ne suis pas très chaud à l'idée d'embrasser les filles barbues. C'est rêche et ça pique.

– Donc… je ne suis pas… Mmmm… (Il est impossible de penser de façon cohérente quand on est embrassée.) Je disais quoi, déjà?

– Que tu n'étais pas le premier ministre.

– Exactement. Alors, je consomme du poulet, mais les poulets ne mènent pas une vie fabuleuse, n'est-ce pas ? Je les soustrais à leur misère.

– Donc, si je comprends bien, toi et ton... espèce, vous rendez une grande faveur aux poulets en les *dévorant*.

– Euh... oui. C'est à peu près ça.

– Tu te soucies plus des animaux que moi ! se moque-t-il doucement avant de m'embrasser à nouveau.

Je réplique entre deux baisers :

– Ravie de constater que tu vois les choses de la même manière que moi.

– On mange quand même du tempeh, ce soir.

– Impatiente de goûter ça.

D'accord : je n'avais aucune espèce d'idée de ce qu'était du tempeh jusqu'à ce que je déguste le sauté frit et délicieux qu'il me sert. Plus la soirée avançait, plus j'avais de la difficulté à me décider à partir. Nous sommes restés attablés dans la cuisine, à rire et à discuter de tout et de rien.

– Alors, d'où vient le nom de Loup ?

– En fait, comme presque tout ce qui me concerne, ça a rapport avec la forêt de Cadeby, répond-il.

– Non, c'est vrai ? Tu t'es fait pourchasser par un chien ?

– Hum… J'ai bien peur que oui. En rentrant à la maison, j'étais encore persuadé qu'il s'agissait d'un loup ; j'ai raconté ma mésaventure à mon père et il m'a montré une photo. J'ai dit : «Oui, oui, c'était bien ça, mais en plus foncé.» C'est seulement beaucoup plus tard, quand on a aperçu un berger allemand ensemble et que je l'ai pointé en criant que c'était un loup, que j'ai compris mon erreur. Mais je m'étais déjà convaincu que j'avais calmé la bête sauvage et que j'avais une sorte d'affinité avec eux. J'ai commencé à lire des romans comme *Croc-Blanc* et *L'appel de la forêt*, à collectionner des trucs sur les loups… Souviens-toi, j'étais très jeune. Mon père m'a surnommé Loup et tous mes amis l'ont imité. Ça m'est resté.

– Quel est ton vrai nom ?

– David.

– C'est un beau nom.

– Préférerais-tu m'appeler David ?

– Me laisserais-tu faire ?

– Je suis fou de toi, murmure-t-il.

– Tu ressembles plus à un Loup, dis-je à mi-voix.

Sur mon perron, il entrelace ses doigts aux miens et m'observe, la tête légèrement penchée sur le côté.

– Demain ? demande-t-il.

– Je ne peux pas... (Il acquiesce du menton.) Je dois faire un truc avec Matty ; j'aurais aimé, mais...

Il embrasse délicatement mon front.

– Va voir Matty. Je serai content d'attendre.

Mon domicile est bruyant lorsque je ferme la porte derrière moi. Ma mère rédige des lettres sur la table de cuisine, avec de la musique classique qui joue en arrière-plan ; mon père visionne un film avec mon petit frère. Je salue maman, qui me répond par un sourire : elle est resplendissante ce soir. Je monte directement dans ma chambre. Je m'affale sur mon lit puis croise mes bras autour de mes épaules en riant, n'y comprenant rien, n'arrivant toujours pas à croire qu'une chose aussi merveilleuse puisse m'arriver.

Je suis devenue une sorte de célébrité à l'école pendant quelques semaines. En premier lieu grâce à mon article sur la forêt de Cadeby, qui a été tourné en dérision par certains camarades de classe (à cause des allusions aux fées et tout). Matty n'était pas très ravie de la situation, puisqu'elle y a été entraînée contre son gré : je l'avais mentionnée dans l'article. Elle prétend que c'est mauvais pour notre image.

La deuxième cause de ma nouvelle popularité est le fait que Loup et moi formons maintenant un couple. Mes amies étaient époustouflées.

– Il est très mignon sous ces cheveux-là, a dit Becca. Je vois ce qui t'attire chez lui. Mais je préfère les garçons avec une coupe plus propre. Tu ne peux pas lui demander de les couper ?

– J'adore ses cheveux, ai-je répliqué.

– Je pensais qu'il sortait avec cette fille, Lara, a renchéri Sam.

– Apparemment, non, ai-je répondu.

– Alors, il est comment en réalité ? a interrogé Charlotte, curieuse.

Il n'est pas du tout celui auquel on s'attend. Parfois, il se montre très sérieux et pensif, mais avec moi, il est drôle et joue l'idiot. Il me tient la main. Il raconte des tas de blagues. Pour célébrer notre vingt-cinquième journée ensemble (notre Journée d'argent, qu'il l'appelle), Loup m'emmène à Bridlington, au bord de la mer. Le ciel est couvert, il fait gris, mais ça rend la petite ville plus romantique encore. Pas de cette humidité écrasante qui caractérise la mer par temps chaud, pas de mômes tout mouillés qui crient et vous agacent en brandissant des roches gluantes… juste des nuages gris maussades et une mer magnifique, couleur d'acier. Nous flânons autour du port, où on peut sentir le poisson. Je m'appuie contre Loup tandis que nos regards s'élèvent au-delà des vagues, au-delà de l'horizon. Loup a emporté sa caméra avec lui ; il prend quelques photos du paysage. Je lui confie :

– J'adore la mer. Si seulement je vivais à distance de marche, pour venir la voir…

– Je l'adore aussi. (Loup effleure mon épaule.) Elle te fait prendre conscience que, peu importe les gestes horribles que nous posons, la planète peut toujours gagner.

– Ouais… peut-être. Nous faisons aussi de notre mieux pour empoisonner la mer en la saturant de produits chimiques.

Il m'embrasse sur la tête.

– Observe-la. Elle est tellement vaste. Peux-tu croire que, bien avant qu'on ne sache ce qu'il y avait de l'autre côté, des hommes ont pris le large, ne déviant jamais de leur objectif. Ils croyaient dur comme fer qu'ils trouveraient quelque chose, ils étaient prêts à mourir pour y arriver.

– Tu l'aurais fait, toi aussi.

Je me sens un peu triste. J'ai toujours été effrayée par l'idée de voyager et de quitter la maison. Je sais par contre que lui raffole des aventures. J'espère être un jour assez brave pour l'accompagner.

– Tu aimes tellement ta famille ; c'est très facile pour toi de rester auprès d'elle, parce que tu sais à quel point elle te manquerait, dit Loup. J'ai toujours voulu voyager parce que j'ai toujours été à la recherche de quelque chose que je n'ai jamais eu. Tu es très chanceuse.

Loup n'aborde jamais le sujet de sa mère ni la raison pour laquelle elle ne vit pas avec eux. Je me doute que ses parents sont divorcés, mais je ne sais pas à quelle fréquence il la voit. Parfois, lorsqu'il la mentionne, on dirait qu'il l'aime énormément ; à d'autres occasions cependant, il a l'air très fâché contre elle. En cette Journée d'argent, je me dis

que nous nous connaissons assez bien maintenant pour que je lui pose des questions sans que ça le dérange.

– Où est-elle? Où vit ta mère?

– En Écosse. Glasgow, plus précisément.

– Combien de fois la vois-tu par année?

– Je dirais dix fois plus souvent qu'elle en a envie. Je l'ai revue pour la dernière fois il y a quelques années. Depuis, nous ne nous parlons qu'au téléphone.

– Donc... vous êtes en froid?

– Je la rends malheureuse, explique Loup. Elle se sent coupable de ne pas avoir été là pendant mon enfance... et de n'être toujours pas là.

– Quand tes parents ont-ils divorcé? Excuse-moi... Est-ce que je pose trop de questions?

Il m'embrasse encore sur la tête.

– Ils ne se sont jamais mariés. Te souviens-tu de m'avoir dit que tu t'attendais à ce que ma maison soit super hippie?

– Oui.

– En fait, ma mère était une fan du *peace and love*, mais elle est née trop tard. C'était une fille de riches : elle s'est rebellée contre son éducation huppée et est tombée enceinte d'un autre étudiant, à seize ans. Elle a quitté l'école pour vivre avec lui.

Chapitre 9

Quand je suis né, par contre, elle a craqué. C'était trop pour elle, tu comprends ; elle avait ton âge. Elle disait qu'elle avait besoin de se sentir libre à nouveau.

– Peut-être que c'est d'elle que tu as hérité ton goût pour l'aventure, dis-je. Qu'est-ce qu'elle a fait par la suite ?

– Elle a abandonné mon père alors que je n'avais pas encore un an. Il a été forcé de quitter l'école aussi et de travailler pour me payer des gardiennes.

– Je pensais qu'elle était riche. Elle ne t'a jamais rien envoyé ?

– De l'argent pour mon anniversaire et à Noël. Beaucoup, même, mais bon, il lui arrive d'oublier, parce qu'elle mène désormais sa propre vie.

Jusque-là, je ne me suis pas retournée vers lui pour ne pas l'embarrasser davantage. Mais lorsque sa voix se perd et devient toute petite, je ne peux m'en empêcher et je croise ses yeux, brillants de larmes. Je niche mon visage dans son cou en l'enlaçant étroitement, puis reprends doucement :

– Qu'est-ce qu'elle fait en Écosse ?

– Elle a fondé une nouvelle famille – elle a trois enfants – et je ne pense pas qu'elle soit intéressée à ce que j'en fasse partie. En fait, non, je le *sais*. Son mari est au courant de mon existence – ce n'est pas comme si j'étais un secret honteux. Je crois plutôt que je suis une source de culpabilité

pour elle ; elle répond à mes lettres, elle me parle si je l'appelle, mais elle ne me pose aucune question, tu vois ? Elle ne m'a jamais proposé de lui rendre visite non plus. Alors, je l'appelle ou lui écris rarement. Est-ce que je te fais flipper avec ça, Tess ? Tu n'as pas demandé à entendre ce genre de récit larmoyant...

Sans lui laisser voir que mes yeux sont remplis de larmes, je lui assure :

– Bien sûr que non ! J'aimerais trouver un moyen de te consoler, c'est tout.

– Tu plaisantes ? Je me sens exceptionnel, avec toi !

– Oh, arrête.

– Tu ne t'amuses pas ici ? Enfin, je veux dire, avant que je commence avec mon histoire déprimante...

– J'adore être ici avec toi. Tu ne me déprimes pas. Je suis sincèrement touchée par le fait que tu te sois confié à moi.

– Je t'aime, souffle Loup.

Je demeure muette, les yeux fixés sur lui, refoulant toujours mes larmes.

Quand il s'est mis à pleuvoir, nous nous sommes réfugiés dans un bistro pour dîner. Il s'agit d'un café rétro, à la fois cool et très touristique, avec des machines à boules, des tourne-disques et des vieux posters. Loup commande (surprise!) un spécial végétarien, le *Festin hippie*. Je me rends compte à quel point c'est un garçon merveilleux : sa mère lui a fait si mal et, pourtant, il ne l'a pas rejetée, et il n'a pas tenté non plus de supprimer les traits de sa personnalité qui lui viennent d'elle.

Je me sens un peu gênée de manger de la viande en face de lui, même s'il n'émet pas un seul commentaire à ce sujet; il ne me dévisage pas, ne semble pas consterné, n'essaie pas de me culpabiliser. Mon but n'est pas de le tester, mais je voudrais bien savoir s'il m'aimerait encore s'il découvrait que je ne suis pas parfaite, s'il me choisirait toujours s'il connaissait la vraie moi. Je n'arrête pas de songer au moment où il m'a avoué qu'il m'aimait, déclaration à laquelle je n'ai pas répondu malgré le fait que je l'aime aussi. Ça a dû le mettre mal à l'aise : regrette-t-il de l'avoir dit? Le pense-t-il vraiment? Est-ce que je devrais lui répondre maintenant?

Bref : j'ai commandé un plat de bacon et de poulet, le *Renaissance moderne*. Finalement, il s'agissait tout simplement d'un sandwich, ce qui m'a déçue parce que j'anticipais quelque chose de plus original. Le café ne jouait rien d'autre que des succès des années 1960. Nous les connaissions presque tous. Loup fredonnait même les paroles

de la chanson *Concrete and Clay*. Il a dit que c'était l'une de ses préférées.

Après le repas, il m'a entraînée à cet endroit génial qui s'appelle le Musée à côté de la mer. Pour s'y rendre, il faut d'abord grimper dans un attelage victorien qui fait halte devant une maison datant des années 1950. Il y a des automates un peu partout, vraiment trop bizarres, qui parlent et interagissent avec les visiteurs : certains étaient drôles tandis que d'autres m'ont carrément fichu la trouille. J'ai bien aimé la scène de plage, où les personnages sont bavards et moches, et portent des mouchoirs noués autour du cou et des costumes de bains ultra démodés. Mais, plus loin, il y avait un vieux grincheux qui, lui, était tout simplement effrayant.

Loup m'a fait la peur de ma vie en faisant semblant de s'éloigner ; il a attendu que je sois complètement distraite par les automates avant de surgir derrière moi et de m'agripper le bras tout en grognant à mon oreille, exactement comme le vieux grincheux. J'ai hurlé au meurtre. Des vieilles nous ont toisés, la plupart en fronçant les sourcils, mais l'une d'elles nous a souri.

Mon truc préféré a été la pièce avec les machines à sous antiques, dont l'une prédisait l'avenir (bien que ça *aussi,* ça m'effrayait). Pourquoi est-ce que les attractions balnéaires sont aussi bizarres que démodées ? Non mais, c'est vrai ! Peu importe, j'ai demandé à la machine diseuse de bonne aventure ce qui arrivera entre Loup et moi, et je

Chapitre 9

reconnais avoir pris peur pendant qu'elle s'allumait et bourdonnait. Elle a ensuite recraché un morceau de papier sur lequel était inscrit : *Votre amour sera éternel.* C'était vraiment étrange, puisque la machine répondait exactement à ma question, alors que j'aurais pu faire allusion à n'importe quoi. Loup ne me regardait pas à ce moment-là ; il avait une fois de plus sorti son appareil et se promenait dans les alentours en prenant des photos de tout. J'ai discrètement glissé le papier dans mon sac à main.

On espérait que notre long détour à l'intérieur suffirait, mais lorsque nous sommes sortis, il pleuvait toujours des cordes. N'ayant ni l'un ni l'autre de parapluie, on a couru, complètement trempés, à la recherche d'un abri. Puis nous avons abandonné l'idée et nous marchons maintenant blottis l'un contre l'autre, enlacés par la taille, secoués de fous rires hystériques en constatant à quel point nous sommes dégoulinants.

Nous traversons la plage mouillée. Loup dit que c'est encore mieux sous la pluie, puisque le sable devient ferme et ne s'incruste pas dans nos vêtements. À mes yeux, il est le plus beau garçon du monde, ses longs cheveux sombres plaqués sur sa tête, son torse moulé par son t-shirt ruisselant. On s'installe sur le sable dur et froid, observant la mer agitée par les vagues qui avalent la pluie.

– On a beau continuer d'empoisonner la mer, elle ne cesse pas de se ressourcer, lance Loup.

Je plisse les yeux sous la pluie qui fouette mon visage avant de dire :

– On se serait baignés tout habillés que ça aurait donné la même chose !

– De quoi tu parles… ce n'est qu'une petite douche ! réfute Loup.

Nous nous esclaffons encore une fois. Il se couche de tout son long sur le sable, m'entraînant en me tirant par la main pour que je m'allonge sur lui.

Dans le train, sur le chemin du retour, je somnole, la tête appuyée sur l'épaule de Loup pendant que celui-ci lit le journal. Nous sommes encore tout humides, alors nous nous collons le plus possible pour nous garder au chaud. Je lève la tête pour le regarder droit dans les yeux et je murmure :

– Ce que tu m'as dit, plus tôt…

– Oh, que je t'aimais ? Ne stresse pas pour ça : c'est seulement ce que je ressens. C'est pas grand-chose.

– Vraiment ? Pas grand-chose ? dis-je sur un ton taquin. Bon alors, que je t'aime aussi n'est pas grand-chose non plus. C'est comme : on s'en fiche, je t'aime et puis après ? Hum-hum.

– Ne te sens pas obligée de…

– Je t'aime.

Je le répète plus fort, avant de nicher à nouveau ma tête sur son épaule. D'un bras, il m'enlace plus fermement et, de l'autre, il reprend son journal détrempé.

J'aurais aimé que notre voyage en train dure éternellement.

Chapitre 10

Le DVD que Matty et moi venons tout juste de terminer est un film d'ados américain produit dans les années 1980, *Breakfast Club*. Nous avons repris notre routine de «vendredis-cinéma» depuis quelques semaines.

On a déjà vu ce film des tas de fois, tellement qu'on le surnomme Brek. Ce soir, il acquiert une dimension plus symbolique à mes yeux, parce que la protagoniste finit par sortir avec le rebelle de l'école, qui a les cheveux longs. C'est la première fois que je le regarde depuis que j'ai commencé à fréquenter Loup. Il y a maintenant trois semaines qu'il m'a avoué qu'il m'aimait, et depuis, j'ai l'impression de vivre sur un petit nuage.

Matty feuillette un menu de pizzéria pendant que je clique sur les options du DVD. Il n'y en a pas beaucoup. Pratiquement tous les meilleurs films n'ont pas d'extras; ce sont seulement les films les

plus stupides ou, au contraire, super intellos qui offrent des tonnes et des tonnes de scènes additionnelles et de commentaires.

– Qu'est-ce que tu penses du Festin de viande ? suggère Matty.

Je ne penche pas trop pour la viande, ce soir. Je mange souvent chez Loup maintenant. Ou, plutôt, j'accepte de manger ce qu'il choisit de cuisiner. Si certaines de ses créations sont un peu, disons, étranges, d'autres sont absolument délicieuses. Je commence à me demander jusqu'à quel point j'ai réellement besoin ou envie de consommer de la viande. À l'exception du bacon : il n'existe pas de substitut au sandwich au bacon, surtout pas quand on a les *blues*.

Je me rapproche de Matty et pointe l'image d'une pizza épicée aux poivrons verts.

– Qu'est-ce que tu penses de celle-là plutôt ?

– Quoi, le Festin vert ?

– Oui ? T'en dis quoi ?

– Oh non, ne m'annonce pas que tu es devenue végé, toi aussi !

– De temps en temps, si je le peux. Il n'y a aucun intérêt à ajouter de la viande sur quelque chose juste pour le plaisir de le faire. Et tu sais quoi ? Les pizzas sont les pires repas ; les pizzérias emmagasinent leur viande cuite dans des conteneurs toute la semaine avant de la réchauffer. Il peut y avoir toutes sortes de…

– Tessa…

Parce qu'elle semble fâchée contre moi, je m'interromps pour la dévisager, puis enchaîne rapidement :

– Bon, choisis ce que *tu* veux, alors.

Elle ne dit rien.

– Quoi ?

– Ça ne t'a jamais traversé l'esprit, que tu changes ta personnalité pour accommoder Loup ?

– Je ne le fais pas pour qu'il m'aime, ni pour qu'il reste ! Toi-même, tu sais très bien qu'à force de fréquenter quelqu'un, on finit par adopter certaines de ses habitudes. L'inverse est vrai pour lui. Je l'ai changé aussi.

– Vraiment ? Et comment as-tu réussi ce tour de force ? rétorque sèchement Matty, ayant toujours l'air irritée.

– Tu plaisantes ? Voyons voir, il est d'accord avec moi pour dire que certains de ses CD, surtout ceux de hip-hop, sont sexistes. Il ne s'était jamais arrêté à ça auparavant.

– Mais c'est être comme *lui*, proteste mon amie. Tu deviens vraiment « politiquement correcte », beaucoup plus qu'avant !

– J'ai toujours été comme ça, Matty. Ça ne t'est jamais venu à l'esprit que je n'en parlais pas souvent parce que je n'avais pas assez de cran pour le faire et parce que tout le monde trouvait ça lamentable ?

– À vrai dire, non.

– Ça ne t'a jamais traversé l'esprit non plus que tu ne prêtes pas attention à ce que je te dis parce que tu es beaucoup trop occupée à parler de ta propre vie et que c'est toujours plus important que la mienne ?

Oups… Je suis allée *trooooop* loin. Matty garde le silence pendant un long moment.

– Il est temps que je rentre, couine-t-elle.

– Non, je suis désolée, pardonne-moi !

Je me mordille la lèvre inférieure tandis qu'on échange un regard indécis. Je décide de m'excuser :

– Je ne pensais pas ce que j'ai dit. Honnêtement. Pas du tout. Je ne saisis seulement pas pourquoi tu es sur mon cas aujourd'hui.

– Je suis inquiète pour toi, avoue Matty.

– Mais pourquoi ?

– J'ai peur qu'il te change trop, au point de faire disparaître la personne que tu étais avant lui.

– Mais Matt ! Je n'ai jamais été aussi heureuse de toute ma vie ! Tu le sais, non ? Je suis amoureuse et j'ai quelqu'un à mes côtés qui me comprend, que je peux embrasser sans plus avoir à m'entraîner avec des pêches...

– Tu n'as pas fait ça pour *vrai*? s'écrie Matty, scandalisée.

– Tu m'avais dit que ça marchait!

Matty s'écroule par terre en hurlant de rire et, après un instant, je l'imite. Bientôt, nous en avons les larmes aux yeux.

– Et alors? hoquette-t-elle. Crois-tu que ça t'a aidée?

– Euh...

– S'il embrasse comme une pêche, il y a un problème.

Nous rions encore plus fort. Matty s'étend de tout son long sur le tapis, me rassurant ainsi sur le fait que le mauvais moment est passé. Elle demeure sans bouger pendant un certain temps, à fixer tranquillement le plafond.

– Ça aurait pu être moi, chuchote-t-elle. Je pourrais être en train de m'en faire pour moi-même et de te poser des tonnes de questions.

– *Tu* n'as pas changé. Tu es encore toi et tu restes ma meilleure amie et tu le seras pour toujours. Lee n'a rien fait pour te changer.

– C'est peut-être ça, mon problème, soupire Matty. Je te regarde aller, tu te transformes en la fille de rêves de Loup...

– Non, ce n'est vraiment pas ça! Il se trouve simplement que j'ai plus de points en commun avec lui que je ne le pensais au départ. J'aime sa façon de me faire réfléchir sur certains sujets. Je cherche à être assez bien pour lui, parce que je le respecte.

– C'est exactement ce que je veux dire, souligne Matty. Je n'ai pas fait autant d'efforts pour Lee. Il a tellement de choix, tellement de filles qui lui courent après...

– Il ferait n'importe quoi pour *toi*. Il a de la chance de t'avoir!

– Tessa, s'il te plaît, gémit faiblement Matty. Je sais que Loup et toi, vous êtes vraiment *super cool*, mais n'essaie pas de me faire croire que les filles n'ont pas à travailler pour garder un garçon. Surtout que tu fais toi-même des pieds et des mains pour lui.

Wouahou! Matty pense qu'on est *super cool*?

Mais une minute, elle pense que je *travaille* pour plaire à Loup? La tête me tourne et j'essaie de garder la tête froide.

– Ce n'est pas du tout ce que tu crois, Matty.

J'aimerais lui dire qu'elle s'est créé une fausse image de Loup et de moi, de ce que nous vivons en tant que couple; lui dire qu'elle se trompe au sujet de Lee si elle pense qu'il peut trouver mieux qu'elle. En même temps, qui suis-je, *moi*, avec mon premier amoureux à vie, tout frais tout neuf, pour *lui* dire quoi que ce soit : elle en connaît tellement plus à ce sujet!

Cependant, je *sais* que j'ai raison à propos d'une chose : Matty ne devrait pas rester avec quelqu'un qui suscite en elle un sentiment d'insécurité. Je n'aurais jamais ressenti ce que je ressens présentement pour Loup s'il ne semblait pas m'aimer et me respecter.

Après nous être finalement entendues pour une pizza au jambon, nous nous installons devant une parodie que ni l'une ni l'autre ne trouvons drôle. Je demande :

– Est-ce que tu crois qu'on devrait faire une activité ensemble?

– De quoi tu parles? réplique Matty, distraite.

– Toi, moi, Lee et Loup.

Elle lâche un soupir :

– Ils n'ont pas le même style.

– Ouais, je sais.

– Pour être honnête, poursuit Matty d'un ton décidé, je n'ai pas l'impression qu'ils s'entendent si bien que ça. Ça fait un bail qu'ils se connaissent... plus ou moins...

Est-ce que Lee aurait passé un commentaire désobligeant à l'endroit de Loup ? Parce que Matty a l'air beaucoup plus certaine que moi qu'il s'agit d'une mauvaise idée. J'étais présente lorsque Lee se moquait de Loup dans le café, mais peut-être qu'il ne s'est pas arrêté là.

– Mais si nous étions tous les quatre ensemble, et qu'ils constataient à quel point toi et moi nous nous amusons, ils finiraient peut-être par s'amuser eux aussi, dis-je, pleine d'espoir.

– Hum… (Matty ne semble pas convaincue.) Oh, et puis, tu sais quoi ? Au lieu d'en faire tout un plat, pourquoi ne pas simplement passer la soirée ensemble au party de Becca ? Lee y va, tu y vas aussi, alors invite Loup.

C'est une idée géniale ! Matty et moi avons sérieusement besoin de nous rapprocher et ce qui nous éloigne, à mon avis, c'est le fait que nous passons de plus en plus de temps avec nos chums. Ce serait un excellent moyen de faire d'une pierre deux coups. Je m'exclame :

– Fantastique ! Ce sera trop cool !

Je ne parviens toutefois pas à l'inciter à planifier quoi que ce soit d'autre avec eux. Elle proclame que nous devons quand même nous rendre chez Becca ensemble, puisque c'est trop loin pour que nous marchions et que les parents de Matty sont très stricts au sujet des fêtes. C'est comme s'ils ne voulaient pas se rendre compte que leur fille vieillit.

Nous devons donc nous en remettre à notre plan habituel : sa mère nous dépose là-bas et la mienne vient nous chercher. Nous ne pouvons pas faire l'inverse, puisque la mère de Matty débarque toujours trop tôt et oserait sonner à la porte (« vie sociale anéantie », selon Matt).

Nous n'aurons donc pas le choix de retrouver les garçons là-bas. Matty décrète également que nous devons arriver les premières, parce que Lee et Loup ne connaissent pas Becca. Je suis beaucoup plus excitée que Matty à propos de tout ça : je projette déjà un futur où nous nous tiendrons tous les quatre ensemble. Bien que je sois consciente que Loup n'affectionne pas particulièrement Lee (et, si j'étais parfaitement honnête, j'admettrais que j'ai moi-même un problème avec Lee), j'ai confiance en Matty, et elle apprécie Loup.

Quelques secondes avant la fin du film, celle-ci lance brusquement :

– Écoute, n'en faisons pas un plan coulé dans le béton. Lee paraît un peu bizarre ces temps-ci. Demande seulement à Loup s'il souhaite venir avec toi. Ne lui dis pas que c'est une soirée à quatre.

– D'accord. Tout va bien, cependant ?

– Ouais, ouais, tout va bien, répond-elle très vite.

J'éteins le lecteur DVD pour aller nous servir de la crème glacée. Quelque chose ne tourne pas

rond, mais si Matty n'est pas prête à en parler, je sais d'expérience que je ne peux pas l'y obliger. Je n'ai pas du tout envie de replonger dans le froid de tout à l'heure, celui qui a suivi son commentaire à propos de ma relation avec Loup et du fait que je changeais pour être comme lui. Si je veux alléger l'atmosphère de la fin de soirée, la crème glacée est la meilleure façon d'y arriver.

C'est celle à la saveur de pâte de biscuits. Super bon. La soirée est sauvée.

Déjà, le lundi suivant, les choses s'améliorent.

Tout de suite après l'école, je rentre à la maison pour m'installer dans la salle à manger, afin de rédiger un devoir. Ma mère n'est pas encore revenue du travail, mon frère est écrasé devant la télé à l'autre bout de la pièce et papa siffle en se faisant un sandwich dans la cuisine. Tout à coup, un vacarme se fait entendre à l'extérieur, et mon père demande à Jack de baisser le volume de la télévision. Avant qu'il ne s'exécute cependant, la sonnette de l'entrée retentit. Nous entendons des chants dehors; je m'aperçois qu'il s'agit de Jane, Lara, Chuck et Loup. Je me précipite pour les laisser entrer.

– La forêt est sauvée! hurle Jane.

Ils se mettent tous à parler en même temps. Loup s'approche de moi; il m'attrape par la taille et me soulève dans ses bras. Je balbutie:

– Quoi? Qu'est-ce qui s'est passé?

– Allez, viens! me réplique Jane. Nous allons faire un tour dans la forêt pour célébrer notre victoire!

– Le supermarché n'a pas réussi à obtenir son permis de construction lors du conseil municipal. Tout ça grâce à notre brillant…, commence Chuck, mais Lara l'interrompt:

– Nous ne sommes pas sûrs que c'est grâce à notre…

– Ça n'a pas fait de mal en tout cas, rétorque Chuck.

– C'est vrai? dis-je. La forêt de Cadeby est définitivement hors de danger?

– Oui, c'est vrai! chante Jane.

– OK, assez de temps perdu en bavardages! jette Lara. Allez, dépêche, Tessa.

– Tu peux venir avec nous, n'est-ce pas? chuchote Loup à mon oreille.

– Papa, tu es d'accord? Je serai de retour pour le repas!

– Pas de problème, vas-y, me répond-il, la bouche pleine de sandwich au fromage.

Nous nous précipitons tous dehors et courons jusque dans la forêt. Loup et moi nous tenons un peu à l'écart des autres. Lara s'est retournée pour nous lancer un bref regard ; elle a l'air un peu triste. Je me sens mal parce que c'est trop évident qu'elle espérait que Loup sorte avec elle, alors que c'est moi qu'il a choisie. Je veux que Lara m'apprécie. Je suis encore toute « baba » devant sa beauté, son intelligence et son talent.

– Je n'arrive pas à croire que la forêt soit réellement hors de danger, dis-je au bout d'un moment.

– C'est grâce à ton extraordinaire dissertation, répond Loup.

– Ou à ta fabuleuse photo.

– Bah, ils ont choisi la plus ordinaire.

– Elles étaient toutes belles.

– Non, la plus belle était...

– Avancez plus vite, vous deux ! nous hèle Chuck sans se retourner.

Les bois sont absolument magnifiques ce soir puisque, désormais, ils nous appartiennent : nous les avons sauvés. Enfin, pas juste nous, mais nous avons quand même fait une différence.

Beaucoup de personnes sont là, ce soir ; tout le monde se salue et demande à la ronde si on a entendu la bonne nouvelle. Tous hochent la tête et expliquent que c'est exactement pour cette raison qu'ils sont ici. Des parents ont amené leurs enfants ; ils les promènent à travers les arbres en

leur expliquant que ceux-ci ont été protégés des bulldozers.

Jane amorce une conversation avec un vieux monsieur aux cheveux blancs : elle lui raconte ce que nous avons fait et il lui répond qu'il a lu notre article dans le journal, qu'il a trouvé « splendide, vraiment splendide ». Il ajoute :

– Je sais qu'un vieux comme moi se doit de se plaindre tout le temps que les choses changent trop vite, mais je me suis baladé parmi ces arbres toute ma vie. Cet endroit n'avait vraiment pas besoin d'être rasé au profit d'un lieu où l'on peut se procurer cent rouleaux de papier de toilette de marques différentes.

Il nous serre la main avant de partir ; Jane lui donne même un petit câlin. Je songe que mes nouveaux amis sont géniaux, puis me sens coupable que Matty ne soit pas là pour partager ce moment incroyable alors qu'elle est ma meilleure amie. Je devrai tout lui raconter plus tard. Parce qu'elle est exclue de cette partie de ma vie, je devrai probablement atténuer l'excitation que j'ai ressentie, et ça me rend mal à l'aise.

Après avoir échangé un bref bisou avec Loup dans le jardin, je rentre à la maison pour y retrouver ma mère, mécontente.

– Est-ce que tu as terminé tous tes devoirs? s'enquiert-elle, sachant très bien que ce n'est pas le cas.

– Je vais les faire maintenant!

– Est-ce que tu as mangé?

Je suis morte de faim. J'hésite, puis admets enfin d'un ton penaud:

– Non.

– Ton souper est dans le four, riposte-t-elle, mais il doit être sec à l'heure qu'il est. Presque vingt et une heures, tu te rends compte? Mange d'abord, ensuite on verra quels travaux tu peux compléter, mais je n'ai pas envie que tu te couches tard ce soir aussi.

– OK, je dois juste...

Je m'interromps.

– Tu dois juste quoi?

– Je voulais écrire un courriel à Matty pour lui annoncer la bonne nouvelle.

– Oh que non! refuse maman. Vous allez commencer à vous envoyer des messages instantanés qui prendront une heure de ton temps. Je parie que Matty, elle, a terminé ses devoirs. (Je hausse les épaules.) Tessa, je sais que tu viens de vivre le meilleur moment de ta vie, mais...

– Et moi, maman, je *sais* que tu ne prends pas ça au sérieux, mais c'est vraiment important et merveilleux et...

– Je n'en doute pas. Mais tes examens approchent à grands pas, et tout ce que tu entreprends maintenant compte. Aujourd'hui était une exception. Très prochainement, nous devrons nous asseoir pour planifier combien de fois par semaine tu pourras voir Loup, et combien de temps tu peux passer avec Matty. Il ne te reste plus beaucoup de temps libre, tu sais?

– Oui.

– Il faut juste établir un emploi du temps et le respecter, Tessa, ajoute maman sur un ton plus gentil.

Elle se montre agréable à présent, quoique je n'aie pas du tout envie de reconnaître que son conseil était raisonnable et que tout ce qu'elle a dit était vrai.

Le jour suivant, pour tenter un compromis, je lui demande si je peux inviter Loup pour le souper. Elle accepte afin de prouver qu'elle n'est pas un monstre et qu'elle est ouverte aux négociations... pour autant que je ne perde pas de vue mes obligations.

Loup cuisine pour nous et le repas est prêt avant que maman ne rentre à la maison. C'est un délicieux ragoût de patates, de tomates et d'olives (mais Jack râle qu'il manque du bacon). Ma mère se montre charmante. Elle lui permet de « m'aider » avec mes devoirs pendant quelques heures. La vérité, c'est que nous *devions* passer cette soirée ensemble : nous fêtons aujourd'hui nos deux mois de relation.

– Assieds-toi, lui ordonné-je après que nous nous sommes enfermés dans ma chambre. Je t'ai préparé quelque chose.

Il s'installe sur une chaise et je me perche sur lui, cachant mon cadeau derrière mon dos. J'en fais toute une affaire, mais je suis inquiète qu'il trouve ça vraiment nul. Je lui offre un CD de compilations de chansons portant sur la thématique des loups. Enfin... quelques-unes sont pas mal obscures et d'autres, carrément bizarres parce qu'en plein milieu, j'ai manqué de chansons. Alors, j'ai juste ajouté mes hits préférés pour remplir les trous. Avant d'en venir à cette solution, j'avais déjà gravé *Cœur de loup*, *Affamé comme un loup*, *Les loups-garous de Paris*, *Un loup à la porte*, *Le loup est le meilleur ami de l'homme*, *Hurle le loup* et, hum, *Après le renard* (tiré de la bande sonore d'une comédie que mon père avait l'habitude de faire jouer quand j'étais petite).

Loup m'embrasse tendrement.

– C'est adorable, me remercie-t-il. Bouge pas.

J'ouvre fébrilement le petit livre qu'il sort de son sac. Il s'agit d'épaisses cartes retenues par un mince cordon noué, recouvertes par du papier de soie bleu pâle. Loup m'a fabriqué un album des

clichés qu'il a pris lors de notre sortie au bord de la mer, à Bridlington. Voilà le Musée à côté de la mer avec ses automates grotesques, le bistro où nous avons mangé, et tout plein d'autres photos de paysages marins magnifiques. Elles sont superbes, totalement professionnelles, et le noir et blanc leur confère un air tout à fait artistique. J'aime surtout celles où la mise au point se concentre sur un petit détail, laissant les bordures floues. Une vieille femme qui rit d'un mannequin qui lui est virtuellement identique, une petite fille hypnotisée par les automates et – oh *my God* – moi, les cheveux dégoulinants, tellement morte de rire qu'on pourrait pratiquement m'entendre à travers la photo.

– On dirait des clichés tout droit sortis d'un film de ce qu'on a fait, dis-je, impressionnée. C'est incroyable.

– C'est la journée qui était incroyable, corrige Loup. J'ai juste tenté d'en rapporter tout ce que je pouvais à la maison.

– Merci.

Je fixe ses magnifiques yeux bruns.

– Je voudrais un compte rendu comme ça de tout ce qu'on fait ensemble.

– Parce que sinon, tu l'oublies ? me taquine-t-il.

– Jamais. Mais j'adore ton cadeau, et je t'aime. Tu es un *excellent* photographe, tu sais ça ?

– Tu… hum… bon, ça va sonner quétaine, mais tu m'inspires, avoue Loup. Je n'étais pas trop sûr de ce que je faisais avant de te rencontrer. Tu penses sincèrement qu'elles ne sont pas mauvaises?

– Ben, tu devrais peut-être retirer la photo de la fille bizarre qui rit…

– Tu es belle, déclare Loup.

Je me cache la figure entre les mains, parce que c'est faux, mais il les retire gentiment pour m'embrasser.

– Tu es la plus belle chose dans cet album.

Autour de vingt-deux heures, ma mère cogne à la porte de ma chambre pour le mettre dehors. Elle entre et s'installe avec nous pour bavarder un peu. Elle le remercie d'avoir cuisiné le repas et lui propose de recommencer quand il veut.

– Les hommes qui cuisinent valent la peine qu'on en prenne soin, me lance-t-elle après son départ.

– Contente que tu approuves, lui dis-je.

– Il est attentionné avec toi, note maman. Il t'apprécie. C'est vraiment tout ce qui compte.

Je lui fais un gros câlin.

Puis les choses se dégradent de nouveau. Loup ne veut pas aller à la fête de Becca.

– Désolé, me dit-il au téléphone. Je regarde une partie de foot avec Chuck ce samedi.

– Du *football*? m'écrié-je, scandalisée. Mais ça se terminera tôt, non? Et ça joue chaque semaine, de toute façon.

– Ce sont les quarts de finale, donc c'est super important, et j'avais déjà planifié un truc avec Chuck – nous sortons après le match, répond Loup. J'aimerais bien y aller avec toi, Tess, mais de toute manière, tu seras avec Matty, non?

– C'est que Matty et moi avions pensé que ce serait bien, de faire une sortie de couples… elle et Lee, et toi et moi.

– Moi et Lee Kelly? répète Loup. Tu penses vraiment que ca pourrait arriver un jour, toi?

– Tu ne pourrais pas juste...

– C'est un imbécile, Tess, me coupe Loup. Nous le savons tous les deux. J'aime bien Matty, mais la vie est trop courte pour que je papote avec son imbécile de petit ami. Écoute, vas-y, amuse-toi avec elle, riposte à l'imbécile lorsqu'il fera son imbécile... ensuite reviens et raconte-moi tout. Nous passerons la journée de dimanche ensemble, et tu pourras faire la fête avec moi ou me consoler, selon le dénouement du match.

– J'ai seulement peur que Matty et moi perdions contact, et je me suis dit que, si nous commencions à...

– Tess, Lee Kelly et moi n'allons pas nous apprécier juste parce que nous sortons avec vous deux. Tu auras du bon temps sans moi.

– Mais Matty sera là-bas avec Lee, et moi la cinquième roue du carrosse, encore.

– Alors, viens regarder le match avec moi. Qui sait, tu finiras peut-être par aimer ça.

– Non. J'ai déjà promis à Matty que je l'accompagnerais, alors je l'accompagnerai. De toute façon, c'est sa mère qui nous amène là-bas – ses parents refuseront de faire le chemin deux fois.

– Tu t'amuseras, me rassure-t-il.

Chapitre 12

Je commence à m'irriter, et je ne sais pas si je dois carrément le lui dire, vu qu'il ne le perçoit pas dans le ton de ma voix. Je suis également gênée à l'idée de devoir m'expliquer à Matty. Son chum la soutient; le mien place une partie de football avant un événement aussi important que la fête. Peut-être que Matty avait raison – peut-être que j'en fais trop pour plaire à Loup.

– J'aurai plus de fun si tu viens, lui dis-je dans une dernière tentative pour le convaincre.

– Moi aussi, si tu changeais d'avis et venais regarder le match avec nous.

De plus en plus ennuyée, je rétorque:

– Tu sais très bien que je ne ferai pas ça. Est-ce que tu... (Ma voix s'estompe.)

– Quoi?

– Est-ce que tu trouves qu'on passe trop de temps ensemble?

– *Non*. Je suis fou de toi, Tess.

Il a dit ça très vite et très bas, et j'ai l'impression que c'était quelque chose qu'il se sentait obligé de placer. Pendant une seconde, je ne sais que répondre.

– Mon père est à la maison, déclare-t-il enfin. Je ne crois pas qu'il écoute ma conversation, mais...

– Pourquoi est-ce que tu n'achètes pas un cellulaire? Comme ça tu parlerais dans ta chambre.

C'est cette nouvelle invention géniale : peut-être que tu en as déjà entendu parler ?

– Oui, j'en ai entendu parler, lance-t-il d'une voix amusée, redevenu lui-même. Tu sais que je déteste ça ; personne n'est au courant des effets à long terme que les pylônes exercent sur l'environnement.

Même si l'atmosphère s'est allégée, je demeure frustrée et pleine de doutes. Je suis certaine que les petits amis des autres filles sont beaucoup moins difficiles à gérer que lui.

Matty n'a pas l'air très affectée par la nouvelle de l'absence de Loup lorsque je la lui annonce et, malgré ça, je m'en excuse encore le soir du party.

– En fait, je ne suis pas certaine que Lee viendra non plus, chuchote-t-elle alors que nous nous installons dans l'auto de sa mère.

Elle s'est assise en avant et moi, sur la banquette arrière. Il m'est impossible de lui poser plus de questions à ce sujet tant que nous ne sommes pas arrivées à la fête. Je suis curieuse de savoir ce qui se trame.

Sa mère m'entretient des examens finaux, se plaignant que Matty ne travaille pas assez ; cette dernière soupire et regarde fixement par la fenêtre. Elle porte un chandail à col montant qu'elle enlèvera à la seconde où elle posera le pied hors de la voiture, je le sais. Matty sort souvent avec deux tenues sur le dos.

Chapitre 12

– Elle perd trop de temps sur Internet! continue sa mère. Je parie qu'elle traîne dans ces forums de discussion...

– Maman! Je suis *juste* à côté de toi! grogne Matty. Et personne ne traîne dans les forums de discussion. Je discute avec Tessa des travaux d'école, et il y a des tas d'exemples de dissertations et d'autres trucs utiles pour nos cours sur Internet.

– Est-ce vrai, Tessa? demande sa mère, élevant la voix pour que je puisse l'entendre de l'arrière (alors que je l'entendais déjà très bien).

Je crie donc aussi:

– Oui!

Il nous arrive parfois, à Matty et à moi, de nous connecter à un forum de discussion, mais c'est seulement pour rire, pour argumenter sur des sujets stupides avec des individus qui n'ont aucune espèce d'idée de qui nous sommes.

Becca nous accueille, toute jolie et de toute évidence survoltée. Elle nous indique où sont les rafraîchissements pendant que Matty, comme je l'avais prédit, roule son chandail dans son sac et réapparaît dans une superbe camisole en soie verte, qui met ses cheveux courts et roux gracieusement en valeur. Elle est belle à couper le souffle. Grâce à Loup, je me sens jolie par la façon qu'il a de me regarder, de me dire qu'il me trouve belle, et tout simplement parce qu'il est mon *chum*; j'ai

beaucoup plus confiance en moi depuis que je le connais. Mais quand Matty se dévoile sous son meilleur jour, je suis obligée de prendre du recul et de l'admirer.

Ça ne semble pourtant pas avoir le même effet sur Lee, qui se pointe largement en retard, et avec l'air revêche. Il ne la complimente pas ; il se contente de s'asseoir et de lui ordonner d'aller lui chercher à boire. Mon plan était de bien observer Lee, afin de le présenter à Loup sous son meilleur jour quand je le verrai demain. Je voulais pouvoir lui dire que le petit ami de Matty, *lui*, avait renié le football pour la rendre heureuse et qu'il s'était montré super attentionné envers elle.

Changement de plan.

Matty et Lee commencent à se quereller, sans aucune gêne, sans se soucier de ma présence : la seule chose à faire dans ces cas-là, c'est de s'éloigner quelques instants.

Becca chante maintenant du karaoké (ce qui est hilarant) et j'entame une discussion avec Jim Fisk, le célèbre vandale de troncs d'arbres.

– Ils se disputent encore ? me demande-t-il.

– Matty et Lee ? Oh, t'as remarqué ? Oui… je ne sais pas à quel propos.

– Et toi, comment vas-tu ces temps-ci ? Je ne t'ai pas souvent croisée depuis que j'ai déménagé. On a trop de cours différents, aussi. J'ai entendu dire que tu étais la bien-aimée d'un hippie. Oh-que-j'aime-la-nature ! Oh-que-j'aime-les-loups !

Je rigole.

– Je vais très bien, merci, dis-je.

– J'ai aussi entendu parler de ton implication dans le mouvement pour la préservation de la forêt, ajoute Jim. J'ai trouvé ça super bon, ce que tu as écrit dans le journal.

– Merci ! Tu es vraiment gentil. Tout le monde riait de moi, tu savais ? Ça parlait de fées et tout...

– Ça se voyait bien que tu voulais être amusante. Et tu l'étais.

Je comprends pourquoi j'ai déjà eu le béguin pour lui : il est tellement adorable. Mais j'ai tourné la page, je ne ressens plus du tout la même chose. Je suis vraiment amoureuse de Loup.

Lee quitte les lieux une heure à peine après son arrivée. Il claque la porte derrière lui, et Matty vient me rejoindre.

– Est-ce qu'on peut y aller ? demande-t-elle, les yeux rouges et fatigués.

Elle est au bord des larmes.

– Tu es prête à partir tout de suite ? Je peux appeler ma mère.

J'aimerais la serrer dans mes bras. Sauf que, pour ma part, chaque fois que quelqu'un me prend

en pitié, c'est le déluge de larmes garanti ; je ne pense pas que Matty ait envie de pleurer devant tout le monde. Alors, je ne cherche pas à savoir tout de suite ce qui s'est passé entre elle et Lee. Il est préférable d'attendre que nous soyons à l'abri des oreilles indiscrètes.

– Euh… je vais juste m'arranger un peu, explique Matty avant de se diriger vers les escaliers, là où plusieurs attendent pour aller aux toilettes.

J'hésite un peu avant de la suivre, puis je dis à Jim qu'il vaudrait mieux que je m'assure qu'elle va bien. Il hoche la tête. Ne la voyant nulle part, je rebrousse chemin et retourne dans le salon, où Becca exécute à présent une chorégraphie sur un vieux tube de S Club 7. Au bout d'un moment, je songe que ça fait des siècles que Matty est partie et que je dois la retrouver. Je tombe finalement sur elle, en train d'embrasser un garçon qui s'appelle Pete, dans un coin de la chambre de la mère de Becca.

Ça va mal. Ça va très mal.

Je ressors à la vitesse de l'éclair et referme la porte. Qu'est-ce que je pouvais bien faire d'autre ? Mon cœur bat à tout rompre. D'une part, Matty est en train de tromper Lee, ce qui est méga sérieux. D'autre part, Pete, le garçon qu'elle embrasse, est en train de tromper Kim, qui n'est pas ici, mais qui a la réputation d'avoir plutôt mauvais caractère. Si cela se savait, Matty s'attirerait de gros problèmes. Je dois mettre fin à tout

ce cirque avant que quelqu'un d'autre ne les surprenne.

Je cogne à la porte.

– Matty? J'ai appelé ma mère. Elle s'en vient.

Ce n'est pas vrai, mais je compte le faire sous peu. Pas de réponse. Je m'adosse contre le mur et attends. Jim passe devant moi et me demande si je suis OK. J'invente rapidement une excuse, lui faisant comprendre que j'attends le retour de Matty.

– Elle est là-dedans? questionne-t-il. Lee n'était pas parti? Il est revenu?

– Euh... je ne sais pas où elle est, marmonné-je. Je me suis juste installée ici pour relaxer deux minutes.

– OK..., répond Jim, qui n'a pas l'air de me croire du tout.

Il semble triste à nouveau. Je pense qu'il espérait que la dispute entre Lee et Matty lui donnerait une chance de la consoler.

Forcément, Matty finit par sortir de la chambre. Elle sent le tabac.

– Est-ce que tu as *fumé*, par hasard? m'exclamé-je, scandalisée.

– Juste une, répond-elle.

– Mais tu détestes les fumeurs!

– Voyons, Tessa, est-ce que tu te prends pour ma mère ?

– Matty, mais qu'est-ce que tu fiches, enfin ! Qu'est-ce que tu faisais là-dedans avec Pete ? Qu'est-ce qui se passe avec Lee ? Où est-il parti ?

Matty éclate bruyamment en sanglots et elle s'effondre par terre.

– Matty, chérie ! Qu'est-ce qui est arrivé ?

– Il m'a larguée ! Il a dit qu'il a rencontré une autre fille et qu'il est sorti avec elle à quelques reprises, mais qu'il m'aimait encore et qu'il essayait de choisir entre nous deux. Je suis devenue complètement folle de rage et il m'a lancé : « Merci, tu viens de faciliter mon choix. »

– Oh *my God* ! Mais quel *débile* !

– Ouiii, chiale Matty en pleurant encore plus fort.

Je lisse doucement ses cheveux. Pete sort de la chambre, l'air nerveux, et se faufile discrètement dans les escaliers.

– Lee est un idiot fini, dis-je en prétendant ne pas l'avoir remarqué. Écoute, ma mère ne s'en vient pas vraiment tout de suite. Allons nous asseoir dans la cuisine. On se fera du café et puis tu pourras…

– Tessa, je suis si malheureuse ! sanglote-t-elle. Je l'aime tellement !

– Ben alors, pourquoi t'as embrassé Pete?

– Tu nous as vus? demande Matty. Ne t'en fais pas, ça va. Il ne sort plus avec Kim, il a dit qu'ils ont rompu. C'est pour ça qu'elle n'est pas là.

– Espérons que c'est vrai. Tu n'as pas un œil sur Pete, dis?

– Non, je veux ravoir Lee, fut la réponse de Matty avant que ses sanglots ne redoublent d'ardeur. Je veux revenir en arrière, à ce que nous étions avant!

J'aimerais moi aussi qu'ils puissent revenir en arrière, à ce qu'ils étaient avant. Quand ils ont commencé à se fréquenter, Matty et Lee formaient le couple parfait, non seulement à mes yeux, mais de l'avis de tous. Il était tellement cool et beau; elle, jolie et brillante. Lorsqu'il lui a demandé de sortir avec lui, nous étions toutes les deux excitées, aux anges. Matty m'a montré quelques courriels qu'il lui avait envoyés; il disait tout ce qu'il fallait. Lorsqu'ils étaient ensemble, c'était le match parfait, ils étaient *faits* l'un pour l'autre. Il pouvait se montrer réellement charmant et c'était dur de résister à son air confiant.

Mais depuis quelque temps, je me suis souvent inquiétée au sujet de Matty, probablement parce que j'étais moins sous le charme de Lee. Je grimaçais parfois en entendant les choses qu'il racontait et devant la façon désespérée qu'avait Matty de tenter de lui faire plaisir.

Et donc, non, je ne veux pas qu'elle retourne avec lui, parce que ça ne sera jamais pareil à ce qu'ils vivaient au début. En d'autres mots, Lee ne la mérite pas. Matty est trop aveuglée par l'amour pour le voir sous son vrai jour. Lorsqu'on a le cœur brisé, on ne pense plus clairement, on veut juste que la douleur cesse. Revenir en arrière semble la façon la plus simple d'y parvenir. J'ai envie de secouer Matty pour lui faire reprendre ses esprits, mais au lieu de ça, je l'enlace jusqu'à ce qu'elle cesse de pleurer. Ensuite, j'appelle ma mère. La fête bat encore son plein, tout le monde rit et chante, mais maintenant, on a l'impression que c'est l'endroit le plus horrible sur Terre.

Dimanche matin. Je me réveille dans un lit éclaboussé par les rayons du soleil, dont l'éclat s'atténue au fur et à mesure que la soirée précédente me revient en mémoire. Loup m'appelle pour planifier notre journée, mais je suis encore fatiguée et contrariée. Je sais pourtant bien que c'est stupide d'être toujours fâchée contre lui. Je le blâme de ne pas être venu, parce que, lorsque je suis avec lui, ce qui tourne mal n'arrive pas à m'affecter. Je suis blessée qu'on m'ait préféré un match de football. Je voudrais le voir et m'assurer que tout va bien entre nous, mais une partie de moi le boude et veut le blesser à son tour. Je lui annonce donc que je dois aller chez Matty pour savoir comment elle se sent.

Il doit capter la raideur dans ma voix. Il me demande si je suis OK et je réponds que je m'inquiète au sujet de Matty, que j'ai besoin de passer un peu de temps avec elle. Après avoir

raccroché, je me trouve ridicule et immature ; j'écris un courriel tout plein de bisous à Loup et lui avoue que ses préjugés à l'endroit de Lee étaient fondés.

Il s'avère toutefois que Matty est partie avec sa mère à Liverpool rendre visite à sa grand-mère. J'ouvre ma boîte de courriels et constate que Loup m'a déjà répondu par un doux message, légèrement anxieux. Je décide quand même de ne pas le rappeler. J'ai besoin d'une journée de congé, hors de ma vie normale. Parfois, même si on sait que voir du monde nous aiderait à nous sentir mieux, on a juste envie de se ratatiner, de se cacher, de se sentir misérable et de s'apitoyer sur notre sort. Je reste donc toute la journée à la maison comme une vraie *loser*, feuilletant les journaux et zappant devant des émissions nulles à la télé. Pendant tout ce temps, mon esprit continue de vagabonder, préoccupé par les gens qui m'importent le plus.

Si la fête de Becca a été une catastrophe, le lundi qui suit à l'école est encore pire. Lors de la pause du matin, Matty et moi sommes assises dehors, discutant de Lee. Même si elle a passé la nuit du samedi à pleurer et à me dire combien elle l'aimait, Matty a décidé de ne pas reprendre avec lui. Depuis, elle est devenue à la fois plus forte et plus fragile. Elle prétend qu'elle s'est montrée sentimentale et que, maintenant, elle voit clairement l'idiote qu'elle a été. Je ne dis rien parce que je ne crois pas que ce soit une bonne idée de dénigrer les ex de ses amies tout de suite après qu'ils ont rompu. Premièrement, il y a toujours une chance qu'ils reviennent ensemble (c'est déjà arrivé avec Matty dans le passé); deuxièmement, on ne peut pas juger les histoires de nos amis comme si c'étaient les nôtres. Tout le monde est différent, et il est vraiment inutile de s'écrier : «Je te l'avais dit!» quand il n'y a plus rien à faire. Les conseils, il faut les donner quand il en est encore temps; après, on ne peut qu'écouter. Alors, je laisse Matty parler.

Soudain, Kim Brannigan, la petite amie de Pete, débarque avec deux amies, visiblement à notre recherche. Elle est grande et musclée, avec des cheveux teints en blond, et pour tout dire elle me fait vraiment peur.

– C'est toi qui as embrassé Pete samedi soir? Au party? crache-t-elle en direction de Matty.

Matty la dévisage sans mot dire, mais je sais qu'elle est effrayée.

– Tu as embrassé Pete? insiste Kim. C'est ce qu'il prétend.

– Je... Il m'a dit que vous aviez rompu, répond Matty.

Elle se lève pour lui faire face, et je me redresse à mon tour.

– Nous n'avons pas rompu, réplique Kim.

– Je suis désolée, s'excuse Matty. Il m'a affirmé que c'était le cas.

Je garde le silence. Maintenant que le malentendu est clarifié, j'espère que tout le monde fera comme si rien ne s'était passé.

Ouais. Comme s'il y avait la moindre chance que ça se produise.

– T'es vraiment nulle ! lâche Kim. Il dit que tu l'as embrassé tout de suite après le départ de ton petit ami. Genre, cinq minutes après (elle attend que Matty réplique quelque chose, mais celle-ci n'en fait rien). Tu te remets vite sur pied. Qui est le prochain sur ta liste ?

Les amies de Kim se taisent, elles aussi. Elles se contentent de toiser Matty en claquant la langue ou en reniflant de dédain chaque fois que Kim ouvre la bouche.

– Je suis vraiment désolée, répète Matty. J'ai commis une erreur. Je pensais que…

– C'est censé être une excuse, ça ? l'interrompt Kim.

– Il lui a dit qu'il ne sortait plus avec toi ! interviens-je. Quoi, tu penses que Matty l'a forcé, peut-être ?

– Si elle s'offre à lui sur un plateau d'argent, tu penses qu'il va refuser ? rétorque Kim.

Chapitre 13

– Tu devrais plutôt t'inquiéter du fait qu'il raconte à tout le monde qu'il est célibataire.

Matty darde sur moi un regard qui veut dire *Chuuuuut!*

– Tout ça n'a rien à voir avec toi! me jette Kim d'une voix cinglante.

Je la foudroie également du regard, même si je suis terrifiée. Mais il s'agit de ma meilleure amie, et je vais m'en mêler si je veux.

– Lee Kelly est bien mieux sans toi, espèce de nullité! lance-t-elle à Matty.

Kim semble à court d'insultes. Comme nous n'avons rien d'autre à rajouter, ses amies et elle finissent par débarrasser le plancher. Mais je me doute bien que les choses n'en resteront pas là.

Alors que la semaine s'écoule, je partage mon temps avec Matty, et non Loup, tellement elle est déprimée. Quelques filles ont carrément arrêté de lui parler, mais *tout le monde* parle dans son dos. On chuchote lorsqu'elle répond à une question en classe; les garçons font des blagues sur elle. C'est dégueulasse.

Nous nous fatiguons des silences inconfortables qui tombaient chaque fois que nous rejoignions nos amis à l'heure du lunch, alors je décide d'amener Matty manger avec Loup et ses amis. Normalement, lui et moi ne dînons jamais ensemble : ses potes et lui fréquentent son café végétarien non loin de l'école, et je traîne de mon

côté avec Matty et les autres filles. De temps en temps, Loup et moi, on s'aperçoit de loin ; on échange alors un sourire secret, et on réussit parfois à voler cinq minutes de bisous avant que les cours ne reprennent. Aujourd'hui, cependant, Matty et moi avons besoin de nous éloigner un peu de tous ceux que nous connaissons.

Je me suis complètement fourré le doigt dans l'œil.

Le moins qu'on puisse dire, c'est que les amis de Loup ne sont pas très sympathiques ; Chuck est même en train de se payer la tête de Matty. Quand Jane dit qu'elle est désolée d'entendre qu'elle a rompu avec son petit ami, il lâche :

– Lequel ? C'est dur de garder le compte.

Il y a un silence, mais Lara ricane un peu, et Loup ne prend pas la défense de Matty. Je crache que nous devons partir, et retournons nous asseoir dans la cour de l'école.

– Ils agissent tous comme des imbéciles, dis-je férocement. Tu as embrassé quelqu'un dans un party ; et après ? C'était de *sa* faute. Il t'a dit qu'il était célibataire, tu étais célibataire aussi, alors où est le problème ?

– *My God*, c'est le gâchis total, gémit Matty. Je suis finie !

– Non, tu l'es pas ! Oh, ça m'enrage tellement !

Chapitre 13

À mon retour à la maison, j'appelle Loup pour exiger des explications.

– Quelles explications? s'étonne-t-il. De quoi tu parles?

– Toi et tes idiots d'amis. Ils n'auraient pas pu se montrer plus insensibles!

– En toute honnêteté, on se fiche pas mal de qui ton amie embrasse cette semaine.

Je crie:

– Matty est sortie avec Lee pendant plus d'un an! Ce qui est bien plus que toi et moi. Alors, qu'est-ce que tu veux dire par «cette semaine»? Es-tu d'accord avec ce que les autres racontent à son sujet?

– Bien sûr que non, répond Loup. Calme-toi. Je soutiens seulement que ce n'est pas important.

– C'est important pour Matty, et ça l'est pour moi aussi! Personne ne lui adresse la parole, elle est incroyablement déprimée.

Je commence à trembler de rage.

– Et qu'est-ce que tu veux que j'y fasse? riposte Loup.

Je reste silencieuse. Je n'ai rien à ajouter. Je veux qu'il arrange les choses, mais je ne sais pas comment.

– Est-ce de ma faute si elle s'est ridiculisée ? poursuit Loup.

– Tu penses vraiment qu'elle s'est ridiculisée ?

– Je pense qu'elle a été idiote de sortir avec cet imbécile de Lee Kelly, mais le fait qu'elle s'en soit remise aussi *vite* est en fait très cool, lance Loup.

Je sens le sourire dans sa voix, je sais qu'il essaie d'alléger l'atmosphère, mais ce n'est pas le moment de faire ce genre de blague.

Les choses sont demeurées un peu tendues entre nous depuis qu'il a refusé de m'accompagner à la fête. En ce moment, je suis incapable de discerner si je lui en veux toujours pour ça et si cette discussion n'est en fait qu'un prétexte pour lui témoigner ma déception, ou s'il s'agit d'une nouvelle mésentente qui nous laissera divisés. Si c'est le cas, nous avons des problèmes beaucoup plus sérieux que je ne le pensais.

– Je suis vraiment en colère contre toi, dis-je d'une voix chevrotante.

Le pire, c'est que, même si je suis fâchée et triste, j'aimerais m'excuser de lui avoir crié après, mais je n'y arrive pas.

– Il n'y a rien que je puisse faire à ce sujet, n'est-ce pas ? rétorque Loup.

Tous les deux, nous gardons le silence, jusqu'à ce qu'il demande finalement d'un ton ennuyé : « Y a-t-il autre chose ? » Je reste muette et, après ce

Chapitre 13

qui semble une éternité, il raccroche. Je raccroche aussi, puis j'éclate en sanglots, partagée entre la rage et l'amertume.

Mon père et mon frère sortent ce soir pour aller entendre un *band* à Sheffield. J'invite Matty à la maison, ayant averti ma mère de son état (sans entrer dans les détails). Maman nous cuisine un savoureux risotto et Matty finit par tout lui déballer à propos de Lee, de Pete et de Kim. Ma mère la rassure :

– Je ne veux pas avoir l'air de quelqu'un qui ne comprend pas à quel point c'est sérieux, mais je te jure que la situation s'essoufflera aussi rapidement qu'elle a éclaté, Matty.

– Je crois qu'elle a raison, dis-je en hochant la tête.

Je ne leur confie pas que la situation a entraîné ma première dispute avec Loup. J'essaie encore de comprendre ce que je ressens à propos de tout ça. Il n'a rien fait de mal à proprement parler, pas comme Pete ou Lee ; il est juste resté là, impassible, pendant que ses copains se montraient méchants envers ma meilleure amie. C'est sûr que c'était *un peu* mal, mais était-ce suffisant pour que j'arrête de lui parler ? Une démonstration d'insouciance – était-ce réellement impardonnable ? Le problème, maintenant, c'est comment revenir en

arrière, à ce que nous étions avant ? Comment en étions-nous arrivés, nous qui étions si proches et si amoureux, à ne plus savoir quoi se dire et quoi faire ?

En tout cas, je sais que je ne suis plus fâchée. J'aurais seulement aimé qu'il se montre plus repentant et qu'il me promette que ce genre de situations n'arriverait plus jamais. Qu'il me le promette encore et encore et qu'il me tienne contre lui et me rassure jusqu'à ce que je ne m'en préoccupe plus. Mais sur le coup, il a agi comme si ce n'était pas important et a tenté de passer l'éponge. Je veux passer l'éponge, moi aussi ! Mais en réglant la situation, pas en faisant l'autruche.

Maman, Matty et moi continuons de parler pendant qu'on engloutit tout un gâteau au chocolat acheté à l'épicerie, et je songe combien ma mère est cool, combien je suis chanceuse de l'avoir. Matty ne pourrait jamais discuter de ces choses-là avec la sienne, et pas seulement parce que c'est sa mère – je suis moi-même incapable d'aborder quoi que ce soit d'autre que les travaux d'école avec la mère de Matty. Mais en dépit de mes propos sensés, je vis ma propre tourmente. Je ne sais plus ce qui se passe. C'est ma première dispute de couple. Je n'ai aucune idée de ce que Loup ressent de son côté et de ce que ça va donner. Bien que je sois en compagnie de gens que j'aime et en qui j'ai confiance, je ne souhaite parler de lui à *personne,* du moins pour l'instant. Je garde ça pour moi, parce que je ne veux pas

Chapitre 13

que Matty ou maman dise que Loup était dans le tort. Ou c'est peut-être l'inverse : au fond, j'ai bien peur d'avoir tout gâché, et je ne veux pas que quelqu'un d'autre vienne me le confirmer.

Chapitre 14

Pas de courriel de Loup durant la nuit, ni le lendemain matin (vendredi). Bien que j'aie écrit environ une centaine de brouillons de mon côté, je n'ai pas pu me résoudre à lui en envoyer un seul. Je me suis couchée tard à force de vérifier sans cesse si j'avais reçu quelque chose de sa part, pressant compulsivement le bouton «rafraîchir» lorsque j'étais devant l'ordinateur et sursautant chaque fois que le téléphone sonnait. Je lui aurais bien envoyé un message texte. Ça m'aurait obligée à être concise. On peut envoyer un texto juste pour signifier qu'on veut parler, sans risquer d'empirer la situation. Sauf que Loup se croit toujours au vingtième siècle et refuse d'acquérir un téléphone portable.

De toute manière, la tragédie que vit Matty demeure ma priorité officielle, et je découvre qu'en étant là pour elle, je me sens mieux : ça fait du

bien de me souvenir que je ne suis pas la seule à avoir des soucis.

Je lui confesse ma dispute avec Loup, mais je ne lui précise pas que c'était à cause de la façon dont ses amis se sont adressés à elle. Je lui dis que c'était à propos d'une bêtise et Matty n'en demande pas plus. Elle déclare sombrement que tous les garçons sont une perte de temps.

À l'heure du dîner, nous achetons des frites et allons nous asseoir, seules, au bout du terrain de l'école. La température est agréable et c'est à peine s'il y a une brise. Matty souffre encore et n'a plus envie d'être l'attraction quotidienne de tout le monde. Il vaut mieux que les gens en sachent le moins possible, de sorte qu'ils soient obligés de trouver quelqu'un d'autre sur qui potiner. Lee a parlé à tout le monde de la nouvelle fille qu'il fréquente, qui étudie dans une autre école, et c'était franchement humiliant pour Matty. Maintenant sans la moindre chance de retourner avec lui, elle décide de se concentrer sur ses travaux et de profiter de tout ce temps supplémentaire qu'elle ne passe pas en sa compagnie. On se couche sur le gazon en observant les nuages et Matty lance que, tout bien considéré, c'est une excellente période pour rompre. Je sais toutefois qu'elle a horriblement mal sous cette brave façade.

Nous nous séparons vers la fin de la pause. Elle doit emprunter un livre à la bibliothèque et je veux vérifier encore une fois mes courriels. Lorsque j'aperçois Loup devant le local de sciences, je panique.

Il ne me voit pas tout de suite, mais il se pétrifie dès que son regard croise le mien. J'aurais souhaité qu'il coure à ma rencontre, me serre contre lui et m'avoue qu'il est désolé, que je puisse enfin lui dire que c'est moi qui ai mal réagi et que c'est de ma faute si nous nous sommes engueulés ; il protesterait, puis nous avouerions chacun nos torts et tout redeviendrait comme avant. Mais j'ai trop peur pour faire le premier pas. Si je me précipite à sa rencontre, il pourrait me repousser. Nous ne nous sommes plus parlé depuis la fois où il m'a raccroché au nez.

Il sourit à moitié et commence à s'approcher de moi. Je ne parviens pas du tout à déchiffrer son expression et je deviens subitement terrifiée à l'idée que, si je lui donne une chance de me parler, il me dise que lui et moi, c'est du passé. Je ne suis pas prête à entendre ça. Je me retourne, même s'il sait très bien que je l'ai vu. Je tremble alors que j'anticipe son toucher – sa main sur ma hanche, me tirant vers lui.

Mais il n'est pas venu. Il ne m'a pas suivie.

Durant la soirée, je commence à croire que c'est fini. Loup ne m'a toujours pas écrit de courriel ni appelée, alors qu'est-ce que je suis censée penser d'autre ? Un simple appel chez lui pourrait me soulager, mais ça pourrait également

m'apporter les pires nouvelles qui soient, alors je repousse l'idée, je me dégonfle.

Je passe une soirée tranquille à la maison, à étudier *pour vrai* et à échanger des courriels avec Matty. Chaque fois que ma boîte électronique clignote, mon cœur fait un saut périlleux. Je me vois mal demander à Matty d'arrêter de m'écrire, car j'apprécie les pauses occasionnées par la lecture de ses messages. Je ne lui annonce pas que la situation entre Loup et moi a empiré, parce qu'elle s'est montrée plus optimiste et de meilleure humeur aujourd'hui, et c'était bien de la voir oublier Lee un peu. Je n'ai pas envie de la déprimer une nouvelle fois alors que je ne sais pas tout à fait où, moi, j'en suis. J'espère encore qu'il y ait une autre raison qui explique le silence de Loup. Et puis, la dernière fois que Matty l'a vu, c'était justement quand ses amis se sont moqués d'elle. Elle est dans sa phase «tous les garçons sont des imbéciles»; je ne crois pas qu'elle me donne le genre de conseils dont j'ai besoin.

Mercredi matin, j'abandonne. Je n'ai toujours pas croisé Loup et il n'a fait aucun effort pour me retrouver. J'ai l'impression que tout le monde me regarde, qu'ils savent tous ce qui s'est passé et qu'ils pensent que je suis une *loser*. Je comprends mieux comment Matty s'est sentie lorsque près de la moitié de l'école la jugeait et parlait dans son dos – même si ma situation est loin d'être aussi épouvantable que la sienne. La vie privée de Matty est devenue l'affaire de tout le monde. Dans mon cas, personne n'est vraiment au courant, on sait à

peine que j'existe. Je décide de cacher la vérité à
mon amie un autre jour encore et d'écrire un courriel à Loup à mon retour à la maison. S'il pense
que nous devrions rompre, Matty et moi pourrions
avoir le cœur brisé ensemble. Matty est toutefois
de très bonne humeur et flirte sans vergogne avec
Jim Fisk durant toute l'heure du lunch. Lee a surgi
lorsqu'ils riaient aux éclats, a ouvert la bouche
pour dire quelque chose avant de se raviser et de
s'éloigner furtivement, l'air renfrogné. Ah! Tu
constates maintenant tout ce que tu as perdu et tu
t'en désoles, parce qu'il n'y a rien que tu puisses
faire pour améliorer la situation.

Puis, je me rends compte que je pourrais dire
la même chose de moi-même. Ça me démoralise
complètement.

Alors que je fais la file pour prendre l'autobus
et rentrer chez moi, je reçois un message texte
d'un numéro inconnu.

Viens à la forêt de Cadeby ce soir à 19 h. S'il te plaît. L

Mais non, ça ne peut pas être Loup. Il n'a pas de
téléphone portable. Il déteste les portables. Est-ce
que quelqu'un me prépare un mauvais coup, une
horrible blague? Je réponds:

C'est toi?

La réponse vient dix minutes plus tard, lorsque
je suis déjà dans le bus.

Oui. S'il te plaît, viens.

Eh bien, voilà toute une preuve. Excellente démonstration de bon sens, Tess : « C'est toi ? » Parce que, si quelqu'un me préparait bel et bien un mauvais coup, il n'oserait pas me *mentir*, n'est-ce pas ? Des fois, je m'impressionne moi-même avec ma propre stupidité.

Mais qui donc voudrait me jouer un tour ? Il y a quelque chose dans la simplicité et le ton direct de ces messages, dans leur langage qui ne sonne pas « texto », qui me fait comprendre que c'est lui. Il m'écrit des courriels semblables, sans utiliser d'abréviations ni de chiffres, et c'est l'une des choses que j'adore chez lui. Quinze minutes avant l'heure de notre rendez-vous, j'avise ma mère que je vais rejoindre Loup. Je lui rapporte notre querelle et, avant que je parte, elle m'assure que j'ai eu raison de le défier.

— Le fait que tu aies des principes est probablement l'une des particularités qu'il aime de toi, ajoute-t-elle. S'il a un minimum de bon sens, et je pense que c'est le cas, il te sera reconnaissant de lui avoir tenu tête.

— « Reconnaissant » ? répété-je, sceptique. Je ne suis pas sûre que je pourrais appeler ça lui avoir tenu tête. Je crois plutôt avoir *perdu* la tête devant lui !

— Matty est ta meilleure amie. Elle passe avant lui.

Grâce à ce commentaire, je me sens mieux, plus forte. J'ai peut-être mal réagi, mais je l'ai fait pour les bonnes raisons.

– Pourquoi est-ce qu'il ne vient pas te chercher ? s'enquiert maman quand j'enfile ma veste.

– Oh, je… Euh, il fait encore jour, maman.

– Peu importe s'il fait encore jour, sois prudente. Tu as ton téléphone sur toi ?

Bien *sûr* que j'ai mon téléphone. Le texteur mystérieux pourrait me contacter une nouvelle fois d'une minute à l'autre. Mais je *sais* que c'est lui, je le sais.

Parvenue à l'orée de la forêt, je lui expédie un autre message.

Où suis-je censée aller, au fait ?

La réponse ne tarde pas cette fois.

Tu me verras. Aie confiance.

Je commence à rédiger un autre message.

Depuis quand as-tu un téléphone ? À qui appartient-il ?

Avant que je puisse l'envoyer toutefois, je vois des lumières scintiller à travers les arbres, puis une tente entourée par un cercle de minuscules bougies dans des petits pots de terre cuite, le tout dans une clairière. Je retiens mon souffle, hésitant à m'approcher davantage. À qui peut bien appartenir cette tente ? Puis j'entends de la musique,

la compilation de mes chansons de loups; je m'avance alors avec confiance et amour, le cœur qui pompe tellement vite que je me sens sur le point de m'évanouir.

– Depuis quand t'as un cellulaire?!

Loup sort la tête de la tente.

– On peut toujours compter sur toi pour ruiner l'ambiance, lance-t-il. Entre.

Je reste plantée sur place.

– S'il te plaît? plaide-t-il. Je sais que j'ai tout bousillé avec toi, mais viens au moins t'asseoir et me le dire. En face. Donne-moi une chance de te regarder une dernière fois pendant que tu me dis à quel point je suis un sombre idiot. Nous avons vécu bien trop de choses pour que tu rompes avec moi en prenant tes jambes à ton cou.

Je ne bouge pas.

– Je n'ai pas rompu avec toi.

Loup quitte la tente et s'approche de moi.

– Tu m'as tourné le dos.

– Je ne savais pas si tu voulais me parler.

– J'ai toujours envie de te parler.

– Je ne savais pas ce que tu voulais.

– J'ai agi comme un idiot. J'ai permis à mes amis de se moquer de Matty. Pourquoi ne me tournerais-tu pas le dos ? Pour autant que je sache, tu me hais. N'est-ce pas ?

– Tu n'es pas fâché contre moi ?

– Tu plaisantes ? *Moi* ? Le roi des imbéciles ?

– Oui, bon, j'étais en colère contre toi...

– Bien sûr que tu l'étais, approuve Loup. Alors ? Continue ! Punis-moi, je le mérite. Mais attends un peu... Je t'ai apporté à manger...

Il retourne fouiller dans la tente avant de me présenter un paquet emballé dans du papier d'aluminium. Je l'ouvre : c'est un sandwich au bacon tiède, le pain humecté de graisse. Ça a l'air délicieux.

– Je ferai tout ce que tu voudras pour me faire pardonner, Tess, poursuit Loup. Regarde-moi : je suis connecté à un réseau de téléphonie mobile. Tarifié à la minute. Lara m'a tout expliqué – elle se sent très mal, au fait. Et puis, je t'encourage à manger de la viande. Je ne veux pas que tu changes une once de toi-même pour moi et je veux que tu saches que je suis prêt à changer pour être à nouveau avec toi. Je suis tout frais tout neuf, maintenant. Je suis moderne !

Je tâte le sandwich.

– Où as-tu dégoté ça ?

– C'est mon père qui l'a fait.

– Il est gentil, ton père. Comment va-t-il ?

– Très bien, merci de t'en informer. Comment tu le trouves, le sandwich ?

Je prends une bouchée.

– Oh *my God*, tu vas vraiment *avaler* ça ? s'exclame-t-il en prétendant être horrifié.

Je fais semblant de le foudroyer du regard.

– Tu l'as apporté pour moi !

– C'est une blague.

– C'est bon.

– J'en suis ravi. Mangeuse de porc.

– Ouais, c'est un très bon porc, dis-je, amusée.

– Alors, si tu peux avaler ce porc, peut-être embrasseras-tu l'andouille que je suis.

– Tu n'es pas une andouille, tu es un loup.

Il m'attire contre lui, mes genoux se mettent à trembler, je rentre le cou dans mes épaules, et soudain il est en train de m'embrasser, et je l'enlace plus étroitement, et il me caresse les cheveux en chuchotant dans le creux de ma nuque qu'il m'aime, et là je suis tellement heureuse que j'ai envie de pleurer. Une chanson d'amour joue en toile de fond et nous dansons lentement en échangeant des baisers à la lueur des chandelles.

– Je pensais t'avoir perdue, souffle Loup.

– Je pensais que tu ne voulais plus jamais me revoir.

– J'ai *toujours* envie de te revoir. S'il te plaît, Tess, laisse-moi me racheter.

– Mais je n'ai jamais été... (Je marque une pause.) Je ne veux pas que tu sois connecté à un réseau ou que tu manges du porc...

– Que je *contribue* à la consommation de porc. Je ne le mange pas.

– Tu es déjà tout ce que je veux. Alors, maintenant... Si tu me faisais découvrir ton nouvel univers ?

Chapitre 15

Si je pouvais choisir un mois de ma vie et le revivre en boucle pour toujours, ce serait ce mois-ci, à partir de ce moment-là dans la forêt.

Alors que l'été approche à grands pas, notre calendrier de révision, lui, risque de nous faire craquer. J'étudie pour les examens du Ministère et Loup, pour obtenir son diplôme d'études secondaires. La surcharge de travail nous fatigue et nous rend stupides et nous secoue de fous rires nerveux, mais nous sommes si proches du but – pas juste Loup et moi, mais tout le monde. Chuck, Jane, Lara et Loup rédigent dissertation sur dissertation et paniquent à l'idée de savoir s'ils seront acceptés ou non au cégep. Leur travail est dur parce qu'il compte beaucoup, *beaucoup*. Le nôtre l'est aussi parce qu'on doit réviser une gigantesque variété de matières.

Je travaille souvent dans la forêt, où j'étudie les coudes appuyés sur une serviette, vêtue d'une veste parce qu'il ne fait pas encore si chaud que ça. Loup est allongé à mes côtés, m'interrompant parfois pour parler d'un truc dans son livre qui le fait réagir ou rire, ou pour tirer paresseusement sur mes cheveux afin de quêter un baiser de ma part. Je commence à aimer cette routine autant que je déteste le travail que je dois fournir. J'aime être aussi concentrée sur mes travaux et avoir quelqu'un à mes côtés pour me soutenir. Parfois, nous échangeons à peine un mot de la journée, mais c'est toujours dans une ambiance agréable, tendre, simple, parfaite.

Il s'agit d'une vraie de vraie relation. Par pure chance, j'ai décroché le gros lot dès ma première tentative. On a encore tellement de choses à vivre ensemble, Loup et moi... Je me réveille presque chaque jour avec un mal de tête à cause de tout le café que je bois et de toute la concentration dont j'ai besoin pour réviser, puis je me souviens que tout va bien dans ma vie, et une belle sensation de chaleur m'envahit.

Mais il y a certaines choses dont nous n'aimons pas discuter. Loup est sur le point de conclure ses études secondaires. Ses amis entreront au cégep. Il entrera au cégep. Il s'est inscrit dans un programme de sciences politiques, mais il commence à se demander si c'est vraiment ce qu'il veut faire. Nous sommes tous deux préoccupés par ce que ce changement signifiera pour nous. À quelle école sera-t-il accepté ? Pourrai-je m'inscrire au même endroit, alors que lui sera là depuis déjà deux ans ? Est-ce que ma mère me laissera prendre une décision d'une telle importance en me basant sur mon amour pour Loup, peu importe si elle me comprend ou non ? Je n'ose pas le lui demander tout de suite : je lui ai seulement dit que Loup et moi étions en train d'y réfléchir et que nous désirions faire tout ce qui était en notre pouvoir pour continuer à nous fréquenter, même s'il y a de fortes chances qu'il doive déménager dans une autre ville. Loup et moi n'en parlons pas vraiment : je me retiens puisque je ne veux pas qu'il me trouve embêtante. Et je crains d'être la seule dans tout ça qui s'imagine que notre relation va durer toujours, alors que lui est plus pragmatique et vit au jour le jour.

Il m'est impossible de demeurer totalement rationnelle. Nos vies vont drastiquement changer et le pire, le plus horrible, c'est d'être obligés de faire de tels choix maintenant, alors que notre histoire en est encore à ses débuts et que tout ce que nous voulons, c'est être ensemble.

Cependant, lorsque Loup parle de nous, il me donne de l'espoir. Il n'hésite pas à faire des plans d'avenir – comme évoquer les vacances que nous pourrions prendre ensemble, par exemple.

Une fois, dans l'autobus, il m'a murmuré :

– Regarde le petit, là !

J'ai regardé. Un enfant d'environ dix ans avec des cheveux jusqu'au menton et des jeans troués s'était assis en face de nous.

– C'est notre fils, a claironné Loup.

– Quoi ?

– Si nous avions un enfant, c'est à ça qu'il ressemblerait.

J'ai regardé encore une fois. J'ai vu ce qu'il voulait dire. L'enfant avait les lèvres pleines de Loup et mes cheveux soyeux et tout raides. Mon visage rond et le style débraillé de Loup. Un seul regard a suffi pour me convaincre. C'était hilarant. J'ai donné un coup de coude à Loup, qui était secoué de rire.

– Pas maintenant, merci ! ai-je pouffé.

Est-ce possible de rencontrer l'amour de sa vie à seize ans ? Du premier coup ? Quelques filles à l'école se sont déjà fiancées ou ont planifié avec leurs petits amis de le faire à leurs dix-huit ans. Elles *croient* que ça va marcher. Les gens de la génération de mes parents se mariaient tôt et certains sont encore ensemble aujourd'hui. Vrai, la plupart des filles que je connais s'attendent à avoir plusieurs chums avant de se marier, et j'ai toujours cru que ce serait la même chose pour moi. Mais si les âmes sœurs existent bel et bien, après tout, pourquoi la mienne n'entrerait-elle pas dans ma vie cette année ?

Et si elle en sortait tout aussi brusquement ?

Chapitre 15

La première fois que j'ai entendu parler du Pérou, ça a été par Chuck, qui flirtait, pour rire, avec Jane et qui lui demandait si elle l'attendrait. Elle jouait le jeu, et je me doute qu'au fond, il espérait qu'elle ne soit pas vraiment en train de blaguer. Je lui ai demandé de quoi il s'agissait et, à l'entendre, il était évident que Loup était déjà au courant. Voici le plan : Chuck et Loup ont gardé contact avec un jeune homme appelé Adam. Celui-ci a quitté le journal du père de Chuck, où il était employé, pour partir en Amérique du Sud ; il est à présent correspondant à l'étranger pour des journaux nationaux. Il n'est pas beaucoup plus vieux que Chuck et Loup ; il a décroché à seize ans et n'est pas entré au cégep. Il s'est impliqué dans toutes sortes d'œuvres de charité indépendantes. De toute évidence, il s'agit de quelqu'un de fondamentalement *bon*, mais à mon avis, il a une mauvaise influence. Chuck et Loup l'adorent, ils pensent que c'est le type le plus cool de la planète. Je l'ai rencontré à quelques reprises lorsqu'il est venu rendre visite à ses proches : il est pas mal sophistiqué, mais aussi sec et condescendant, et il a perdu l'accent du coin.

Cet été, il part s'installer quelques mois au Pérou, avec l'intention d'écrire sur le pays et de porter secours aux habitants d'une région qui a été frappée par des catastrophes naturelles – inondations et glissements de terrain ont ravagé des

communautés entières. Il a proposé à Chuck et Loup de l'accompagner. Ils aideront les gens à rebâtir leurs villages détruits. Adam a également dit à Loup que c'était l'occasion d'acquérir une expérience de photojournalisme inestimable, si ça l'intéressait vraiment. Et, bien sûr, Adam avait des tas de contacts.

– Tout l'été ? demandé-je à Loup, en espérant que ce ne serait en fait qu'une histoire de quelques semaines.

J'ai le cœur brisé ; cet été est peut-être le dernier qu'il me reste avec lui. S'il s'en va au cégep en septembre, nous n'aurons pas beaucoup de temps ensemble d'ici Noël, et, à ce moment-là, tout pourrait être différent.

– J'ai d'abord besoin d'en savoir plus, répond Loup. Mais je me suis dit que ce départ pourrait être une bonne chose pour nous.

– Qu'est-ce que tu veux dire ?

– Chuck pense reporter son entrée au cégep et je crois que je devrais faire la même chose. On pourrait même rester plus longtemps avec Adam, ce qui nous donnerait une bonne raison d'attendre un peu. Je pourrais en profiter pour prendre toute une année sabbatique – rester en ville, décrocher un boulot et traîner dans le coin pour t'emmerder.

– Mais je te perdrais *maintenant* !

– Ouais. C'est ça le hic, soupire Loup en déposant sa tête contre mon épaule.

Chapitre 15

J'espère qu'il ne voit pas que j'ai commencé à pleurer. Ce n'est pas juste en raison de notre futur immédiat; c'est à cause de tout ce qui m'inquiète, de nous qui changeons. Avec la pression des examens qui monte plus que jamais, c'en est trop pour moi. Je demeure silencieuse, parce que je ne veux pas que ma voix craque.

– Parle-moi, murmure Loup. Comment tu te sens?

– Ça me stresse, d'ignorer ce qui va se passer. J'aimerais que les choses restent telles quelles.

– Moi aussi, avoue Loup. Si je pouvais prendre une année sabbatique juste pour demeurer avec toi, je serais le plus heureux du monde (il se frotte le front avec le dos de la main, aplatissant ses cheveux du même coup). Mais je dois réfléchir à ce que je vais faire plus tard, le reste de ma vie.

– Qu'est-ce que tu veux faire?

– Je ne sais pas encore. J'ai toujours souhaité être photojournaliste, mais je ne pensais pas que quelqu'un comme moi aurait la chance de travailler dans un tel domaine. Peut-être qu'avec mon diplôme du secondaire et un portfolio, et si je me débrouille plutôt bien, je pourrais m'inscrire en photographie l'année prochaine. Je n'ai aucune idée de ce que je peux retirer des sciences politiques.

– Ton père ne te laissera quand même pas partir, si?

J'ai demandé ça en espérant secrètement que ce soit l'obstacle qui joue en ma faveur.

– Peut-être, hésite Loup. Probablement, oui. Tu connais ma famille – elle est beaucoup plus «décontractée» que la tienne.

Malgré le fait que Loup m'ordonne de me concentrer à nouveau sur mes révisions, le mal est fait et je suis incapable de penser à autre chose durant les jours qui suivent. Il m'oblige à étudier une heure de plus chaque fois que j'abandonne et l'embrasse, et il se montre super gentil envers Matty, prenant du temps pour mieux la connaître et s'excusant auprès de moi de l'avoir sous-estimée.

– Elle est fantastique, me dit-il. Comme toi. Elle connaît tous les films et les genres de musique, je me sens stupide chaque fois que je lui parle. En fait, elle m'a fait m'apercevoir que ceux qui font partie de, tu sais, la bande «super cool» peuvent *réellement* être cool.

– Ben, elle fait partie de ma bande. Tu croyais qu'elle était superficielle ou quoi?

Je plisse les yeux, mais intérieurement, j'ai le sourire fendu jusqu'aux oreilles. Loup et Matty sont les deux personnes les plus importantes à mes yeux, et j'ai toujours souhaité qu'ils s'entendent tout en craignant qu'ils n'y arrivent jamais.

– Oh, oui, elle est incroyablement superficielle, plaisante-t-il, mais elle a un bon fond. Elle annulerait un rendez-vous chez le coiffeur si tu avais

Chapitre 15

besoin d'elle. Elle te prêterait son tout dernier baume à lèvres Prada.

Je le frappe gentiment.

– Bien sûr qu'elle le ferait !

– Je sais, dit Loup. Je suis sincère. Et je ne pense pas qu'elle soit superficielle pour vrai ; je la trouve drôle. Intentionnellement et non intentionnellement drôle. Toutes les deux, vous passerez un été génial.

Je sais qu'il n'avait pas l'intention de me l'annoncer comme ça, mais j'ai compris qu'il avait pris sa décision. Voyant mon expression, il tente de se rattraper.

– Ça passera aussi vite que ça ! lance-t-il désespérément en claquant des doigts. Nous garderons le contact pendant tout ce temps. Et tu me manqueras si cruellement que j'aurai l'impression d'étouffer.

Je le regarde droit dans ses yeux bruns ; il sourit et fronce les sourcils en même temps. Au fond de moi, je comprends, je sais pourquoi il souhaite partir, et je sais à quel point je serai fière de lui lorsqu'il sera de retour.

– Je sais, dis-je doucement. Je suis contente que tu aies cette possibilité et je veux que tu la saisisses.

– Je t'aime, souffle Loup. Notre amour est fait pour durer.

Chapitre 16

Pendant notre période d'examens, nous avons deux congés ensemble en semaine. Loup propose que nous profitions d'une de ces journées pour nous vider la tête. Je pensais que ma mère allait refuser mais, à ma grande surprise, elle accepte.

– Tu as fait du bon travail jusqu'à maintenant, me félicite-t-elle. Un jour de congé t'aidera à prendre du recul. Tu pourras réviser demain mais, pour l'instant, Loup a raison. Tu as besoin de te reposer. Inutile de te bourrer la tête plus que ça ; il faut que tu t'occupes de ta santé, quand même… de ta santé mentale.

Adieu livres, dates historiques et formules de physique. À ce stade-ci, je dois forcer mon cerveau à arrêter de travailler ; j'en suis au point où je rêve de citations anglaises et d'équations mathématiques qui flottent devant mes yeux chaque fois que je commence à m'assoupir.

Loup se pointe à neuf heures du matin. Pendant que je prépare mes affaires, il discute avec mon frère. Il cherche à intéresser Jack à un groupe de musique qu'il aime bien, et Jack lui pose des tas de questions sur leur dernier album. Ne sachant pas si je devrais enfiler des sandales ou des souliers de course, je crie :

– Où on va ?

Je les entends rire de moi.

– Dépêche-toi ! crie Loup en retour.

– Ben, dis-moi si on va marcher beaucoup !

– Non, j'ai planifié de te tirer partout avec moi en *skateboard* ! Qu'est-ce que t'en penses ?

– On va marcher ou non, Loup ?

Il monte les escaliers puis referme la porte de ma chambre derrière lui. Il croise ensuite les bras avant de me dévisager sévèrement.

– Tu ne comprends pas ! (Je retourne fouiller dans ma garde-robe.) Les filles ne possèdent pas juste une paire de chaussures. On a des souliers qui sont beaux mais qui font mal. On a des souliers qui ne font pas mal mais qui ne sont pas beaux…

Il ne dit rien, et je suis forcée de me tourner vers lui.

– Quoi ?

Chapitre 16

Il baisse le menton, me toisant toujours, puis lance :

– Hello, toi.

Je souris.

– Quoi ?

Il fait un pas vers moi.

– Ouiiii ? dis-je sur un ton moqueur, feignant l'innocence. Qu'est-ce que tu veux ?

Sa main se glisse autour de ma taille. On s'embrasse. Longtemps.

Tandis qu'on se dirige ensemble vers l'arrêt d'autobus, je demande à Loup ce qu'il veut faire aujourd'hui.

– En fait, on a plusieurs choix, me répond-il. On pourrait prendre le train jusqu'à York et flâner dans les petites rues qu'on appelle les Shambles. C'est un coin rustique, à l'ancienne mode, et qui est très joli. Il y a d'excellents salons de thé. Ou on pourrait aller voir un film. Sinon, il y a une exposition de photos dans le…

– Tu sais quoi ? (Je lève les yeux vers lui.) Et si on ne faisait rien, à la place ? On a tous les deux étudié comme des fous. Que dirais-tu de marcher simplement, de parler de tout et de rien, et de se serrer fort l'un contre l'autre ? Tu n'es plus ici pour très longtemps.

– C'est un bon plan, acquiesce-t-il.

Et nous parlons *réellement*. Ça fait un bail qu'on ne s'est pas laissé aller; nous avons trop de pression. On cherche tous deux à s'épargner et à ne pas compliquer les choses. De plus, nous craignons d'assombrir nos dernières semaines ensemble. Pour l'éviter, nous essayons désespérément de passer du bon temps jusqu'à la toute dernière minute. Mais, avec tous ces efforts, nous avons un peu oublié comment nous amuser vraiment.

Loup et Chuck organisent leurs horaires en fonction de leurs révisions et de leurs recherches; ils contactent leurs cégeps respectifs pour s'informer de la possibilité de reporter leur entrée, et discutent avec Adam de la façon dont ils se rendront au Pérou et des diverses options d'hébergement. La mère de Loup a accepté de lui payer son billet d'avion. Je lui demande :

– Comment ça s'est passé ?

– Très bien. (Il sourit un peu trop bravement, hoche la tête, puis finit par soupirer.) Oh, tu sais, ça ne clique pas vraiment entre ma mère et moi. Je ne crois pas qu'elle me considère véritablement comme son fils. J'ai l'impression que, chaque fois que nous laissons s'écouler une année sans nous voir, comme nous venons juste de le faire, c'est plus facile pour elle de lâcher prise. Quand j'aurai trente ans, elle aura raté toute ma vie, tu vois. Et ma vie n'est pas si mal que ça. Il y a plein de trucs dont je suis fier. Tout ce qui est survenu cette année...

– Si elle s'en fichait, elle ne t'aiderait pas. Elle n'est pas obligée, tu sais.

– Mouais…, commente Loup, pensif. J'aimerais que tu la rencontres, un jour. (Il me prend par la hanche.) Juste pour que tu saches d'où je viens. En plus, je crois que tu l'aimerais bien.

– Quand tu reviendras, peut-être.

– Est-ce que tu sais à quel point tu me manqueras ? lance-t-il soudain. Je veillerai tard chaque nuit pour parler de toi à Chuck, et souhaiter d'être avec toi, plutôt.

– Oui, je sais…

Je m'oblige à sourire ; je ne veux pas qu'il me voie bouleversée à ce sujet aujourd'hui.

On a acheté des *popsicles* à un camion de crème glacée ; ils ont coloré nos langues d'un rose vif. On a inventé des histoires aux personnes qui marchaient juste devant nous. On a joué à deviner des titres de films et de chansons. On a déniché un petit banc dans le jardin d'une église et j'ai laissé reposer ma tête sur l'épaule de Loup ; nous sommes demeurés tranquillement assis pendant des lustres, jusqu'à ce que le ciel vire au rose. Et, en ce jour où on n'a rien fait de particulier, je ne me suis jamais sentie aussi vieille et jeune en même temps. Je ne me sens pas prête à affronter tout ce qui m'arrive, mais en

même temps, je souhaite ardemment grandir, et atteindre le stade où je me sentirai confiante et en paix. En ce moment, j'ai l'impression que tout le monde prend des décisions à ma place et, pour la première fois de ma vie, je me sens enfin prête à faire ces choix moi-même.

Alors que Loup me ramène à la maison, nous descendons une rue que je n'ai pas l'habitude de prendre. Je lui raconte la fois où, quand j'étais petite, j'ai suivi une fanfare ou une procession, peu importe. Je ne me souviens plus de ce que c'était, seulement qu'on avait dépassé ma maison et que je m'étais perdue. J'avais alors cogné à la porte de quelqu'un pour lui demander si je pouvais appeler ma mère. C'est un vieux monsieur qui m'avait répondu. Il m'avait fixée pendant une bonne minute avant de hurler : « BOUUUUUH ! » J'avais détalé jusqu'à la maison en larmes, ayant, par je ne sais quel miracle, retrouvé mon chemin. Depuis, j'ai toujours eu peur de cette porte, même si je ne suis plus sûre que ce soit la même.

– Cette porte ? relève Loup. Est-ce que tu veux que j'aille emmerder le petit vieux pour toi ?

– Non ! Tu ne peux pas faire peur aux personnes âgées !

– Mais si, bien sûr…, me taquine-t-il. Il t'a fait pleurer. Je vais lui régler son cas.

Il fait semblant d'aller cogner à la porte. Je le retiens par le bras, chancelant et poussant des gloussements hystériques. Il arrête enfin son cinéma et nous poursuivons notre route, appuyés l'un contre l'autre.

– Il est sûrement mort, à l'heure qu'il est, dis-je, soudain triste. (C'est parfois dans les moments les plus heureux que je me sens le plus triste.) Je ne l'ai jamais raconté à ma mère, parce que je sais qu'elle se fâcherait si elle apprenait que j'ai cogné à la porte d'un étranger. Mais je l'entraînais dans une direction différente chaque fois qu'elle voulait prendre cette rue.

– J'aime ça quand tu me racontes des choses que tu n'as jamais confiées à personne, remarque Loup.

– Vraiment?

– Ouais. C'est un peu comme si tu me laissais connaître la vraie toi, ajoute-t-il. C'est un privilège, en quelque sorte... que tu me fasses assez confiance pour sentir que tu peux tout me dire. Tu ne réprimes aucune partie de toi-même.

– Dis-moi quelque chose que tu n'as jamais dit à quelqu'un d'autre.

– Je t'aime.

Chapitre 17

La fin des examens amène son lot de partys et je prends part à la majorité d'entre eux. Je fais la fête, je me couche très tard, malgré le fait que, depuis que je suis en couple, j'aie pris l'habitude de passer des soirées tranquilles. La plupart du temps, j'aurais préféré rester à la maison en compagnie de Loup. Il s'agit toutefois des derniers moments qui me restent pour profiter de mes copains de classe avant que nous nous séparions pour les vacances.

Le fait que plusieurs prendront des chemins différents occasionne un rapprochement soudain. À l'avenir, nous devrons faire un effort pour rester en contact avec certains, qui partent étudier dans une autre école. Il y a beaucoup de câlins, d'accolades, de larmes et de promesses que «nous resterons toujours amis». Aussi douloureux qu'aient pu être ces moments, ils ne sont toutefois comparables en rien à ce qui se produira entre Loup et

moi la semaine prochaine. La seule chose qui me permet de tenir le coup, c'est de savoir que nous serons réunis avant la fin de l'année – il sera de retour à l'automne. Mais la pensée de me séparer de mes nouvelles amies, Lara et Jane, m'est pénible. Tout mon secondaire, j'ai eu la sensation d'appartenir au mauvais groupe. J'ai quelques bonnes amies, mais je ne me sens pas à ma place dans leur bande. Je ne me suis pas tout à fait, vous savez, *intégrée* à elles. À quelques reprises, je me suis surprise à faire semblant de rire de blagues que je ne trouvais pas drôle, ou à exagérer mon appréciation de certains groupes de musique ou de certaines émissions télé. Même si, au début, j'étais intimidée par Lara et Jane, je sens qu'elles sont sur la même longueur d'onde que moi. Nous avons des intérêts en commun et il semble bien que nous soyons touchées par les mêmes causes. Je sais que nous garderons contact grâce à Loup, mais j'espère qu'elles sont devenues mes amies parce qu'elles m'aiment bien, et non parce que je sors avec leur ami. Puisqu'elles entrent directement au cégep et qu'elles ne prennent pas d'année sabbatique, comme Chuck et Loup, elles souhaitent passer le plus de temps possible avec les garçons avant leur départ. Bien que Loup et moi aimerions profiter de moments seul à seule, nous avons envie de les voir aussi.

C'est comme ça qu'on s'est retrouvés à passer notre dernière nuit ensemble avec toute la bande.

C'est l'idée de Jane d'aller faire du camping. Il n'y aura que nous cinq, car Matty ne veut pas venir.

Elle et Jim Fisk forment une espèce de couple depuis les partys de fin d'«exam». Ça a tout bonnement débuté par de l'amitié alors que Matty surmontait sa rupture avec Lee, mais depuis quelque temps, ce n'est plus exclusivement amical. Je suis très contente pour eux. Jim semble le plus heureux du monde. Lorsqu'ils sont ensemble, il n'arrête pas de fixer Matty; il lui est totalement dévoué. Matty, qui a fréquenté Lee bien trop longtemps et qui s'était accoutumée à ce qu'on la compare sans cesse aux autres filles, est renversée par l'attention que lui porte Jim. Je n'entretenais donc pas trop l'espoir de l'intéresser à passer une nuit à se faire dévorer par les moustiques, couchée sur un terrain dur comme de la roche. La mère de Matty est absolument contre l'idée, de toute façon. À dire vrai, je l'invitais seulement pour m'assurer qu'elle ne se sente pas mise de côté. Quand Loup et moi avons commencé à sortir ensemble, sa relation avec Lee tirait à sa fin et nous avons eu nos différends. Ça nous a secouées. Les choses se sont heureusement replacées depuis. Non, c'est encore mieux que ça : nous nous comprenons tout à fait et nous nous sommes vraiment rapprochées. Parce que je n'ai pas eu de petits amis jusqu'à présent, nous avions entretenu une amitié où Matty était celle qui expérimentait tout. De mon côté, j'aimais entendre ses histoires, je la conseillais sans toutefois avoir pu me frotter à cette réalité. Maintenant, nous apprenons l'une de l'autre et nous nous soutenons mutuellement; notre amitié fait une fois de plus partie de ce que j'ai de plus précieux.

– Toi et moi, nous aurons tout l'été, me dit Matty avant mon départ. Bientôt, t'en auras marre de moi. Arrange-toi seulement pour que Loup et toi ayez un peu de répit, loin des autres. C'est *ton* chum, et vous avez besoin d'un moment à vous. Transmets-lui toute mon affection.

Chuck obtient la permission d'emprunter la voiture de son père pour nous amener au terrain de camping. Ma mère connaît tout le monde, mais elle ne raffole pas de l'idée que quelqu'un de si jeune et inexpérimenté conduise. Elle exige de discuter avec lui avant que nous partions, ce qui signifie qu'elle lui fait pratiquement passer un test sur le code de la route. J'en suis incroyablement embarrassée. Loup et les autres filles se moquent de Chuck dans le dos de ma mère, alors qu'il bégaie tout son savoir. Elle nous offre également une montagne de contenants en plastique remplis de nourriture, me répète environ trente fois de l'appeler si nous avons des problèmes et me fait plein de bisous. En surface, elle est beaucoup plus chouette que la mère de Matty, mais dans ce genre de situations, une mère reste une mère. Je me suis résignée et je l'ai laissée faire, sachant qu'il n'y avait aucune raison de repousser son affection juste pour avoir l'air cool.

– Ma mère fait pareil, me chuchote Lara après avoir refermé la portière de la voiture.

Les garçons s'occupent de monter les tentes. Ils ont insisté. Lara, qui a été scout et qui, me révèle-t-elle malicieusement, a monté la tente de Loup la nuit où, lui et moi, nous nous sommes réconciliés, ricane doucement parce qu'ils s'y prennent de la mauvaise façon. Elle prédit même à quel moment ils finiront par admettre qu'ils ont besoin de notre aide. Nous, les trois filles, sommes couchées sur le dos l'une à côté de l'autre, en train de pouffer de rire et d'observer le soleil revêtir une teinte dorée alors qu'il commence à se coucher à l'horizon.

– Merci de partager Loup avec nous ce soir, Tessa, dit Jane. Tu aurais pu le garder pour une soirée privée beaucoup plus romantique. Mais il va nous manquer à nous aussi. Ils nous manqueront tous les deux.

– Non, au contraire, on avait vraiment hâte à cette nuit. Qui aurait pu croire que nous aurions une température aussi parfaite? C'est la plus belle soirée de l'année. C'est génial.

– Tu continueras malgré tout à te tenir avec nous cet été, sans Loup? questionne Lara.

Je prends une pause avant d'acquiescer.

– Je sais que j'ai été un peu froide avec toi au début, poursuit Lara, mais j'étais juste irritée pour des raisons pathétiques. Je… Jane?

– Euh… en fait, on a une petite confession à te faire, reprend cette dernière. Ce n'est plus vrai maintenant, alors ne t'inquiète pas. Lara était un peu agacée quand tu m'as volé Loup. Mais il n'y a jamais rien eu entre nous.

– C'était *avant* que nous apprenions à te connaître! s'empresse de préciser Lara.

– Tu avais le béguin pour Loup? demandé-je à Jane, incrédule.

Ainsi, tout ce que je soupçonnais au sujet de Lara était vrai. Pendant une certaine période, elle ne m'aimait pas du tout, quoique je pensais que c'était parce qu'*elle*, et non Jane, aimait Loup. J'ai envie de me rouler en boule et de crever sur place, tellement je suis embarrassée. Et si Loup avait su ce que Jane ressentait pour lui, serait-il tombé amoureux d'elle? Serions-nous sortis ensemble? Non, je sais qu'il m'aime, je suis en train de fabuler…

– Euh, juste un peu, répond Jane. Mais c'était stupide, tu sais. Je n'ai jamais flirté avec lui, et il m'a toujours considérée comme une sœur. Je ressens la même chose pour lui à présent. Je veux dire, je le considère comme un frère. Depuis, je me suis intéressée à d'autres gars et je… mais bon, Lara trouvait seulement que tu sortais de nulle part et elle…

Lara reprend les devants.

– Je pensais que tu étais une tête de linotte.

Elle sourit en disant ça, prête à éclater de rire, alors je ne me sens pas insultée. Jane, elle, rigole.

– Tu es jolie et tu as du style, mais j'ai toujours cru que Loup et Jane finiraient ensemble. J'avais complètement tort ; tu es géniale. Loup est fou de toi. *My God*, j'étais trop stupide.

Parce qu'elle se moque de moi, je me sens mieux. Elle est assez relax pour ne pas sonner faux. J'aime le caractère de Lara. Quand les gens sont directs, on sait qu'ils pensent réellement ce qu'ils disent. Elle se redresse sur un coude et me regarde en arquant les sourcils, afin de s'assurer que je ne me sens pas blessée. Elle sourit, puis pouffe de rire et, bientôt, c'est à mon tour de craquer.

– Jolie et avec du style ? Moi ? T'es folle ? Est-ce que tu as *regardé* Jane ?

– Oui, Jane est belle, mais j'ai toujours su qu'elle était bien plus que ça… Alors que toi, je pensais que… (Lara rit encore plus fort.) Je suis encore en train de t'insulter ! Écoute, je comprends maintenant. J'étais une idiote.

– Hé, t'inquiète, *je* trouvais que j'avais une tête de linotte. Dieu seul sait ce que Loup voit en moi.

– Nous savons tous ce que Loup voit en toi, réplique Lara. Tu es vraiment géniale.

– Ouaip, renchérit Jane en opinant de la tête. Je t'ai toujours bien aimée, *moi*, blague-t-elle après avoir ostensiblement décoché un regard en direction de Lara.

– Vous êtes géniales aussi, dis-je. Et, si Loup *te* considère vraiment comme une sœur, c'est qu'il est encore plus stupide que Lara pense l'être.

Pile à ce moment-là, l'une des tentes s'écroule avec un grand fracas, et nous levons les yeux pour voir les deux garçons enfouis sous ses plis ; nous éclatons de rire une nouvelle fois.

– Loup et moi avons toujours été de bons amis, insiste Jane en prenant ma main et en la serrant dans la sienne. Je te jure.

– Merci.

Les garçons nous rejoignent pour admirer le coucher de soleil, qui est spectaculaire. Nous le contemplons, assis côte à côte, alors qu'il s'atténue et se fond dans l'horizon. Les étoiles apparaissent, ainsi qu'une nouvelle lune à l'éclat argenté. Chuck nous confie à quel point il est terrifié de prendre l'avion, Loup avoue qu'il s'ennuiera énormément de nous. Sa voix s'étrangle un peu quand il le mentionne ; il arrête de parler et me masse doucement le cou. Chuck, Jane et Lara poursuivent la conversation pendant que Loup et moi échangeons un regard. À cet instant précis, je crois que nous savons tous les deux ce que l'autre pense. Mes yeux se remplissent de larmes. J'ai soudainement cette horrible sensation de chuter. Je me sens perdue et j'ai peur de le perdre pour toujours, et je peux lire les mêmes émotions dans ses yeux. C'est incroyablement intense : nous aimerions nous enlacer étroitement, très fort, mais nous ne le pouvons pas parce que nous sommes encore en présence des autres.

Chapitre 17

Je songe à la journée où nous n'avons rien fait en espérant y être encore, et je me dis que, pendant des mois, tout ce que je ferai sera *sans* lui.

Plus tard, lorsque nous nous éclipsons pour marcher sur le flanc de la colline, je lui déclare :

– Je ne me tracasse pas à notre sujet. Tu te souviens de notre Journée d'argent ? Je ne te l'ai pas mentionné sur le coup, mais j'ai consulté une machine diseuse de bonne aventure et…

– Quand ça ? Oh non, pas cette machine bizarre dans l'arcade ?

– Oui.

– Je t'ai vue la regarder. Je pensais que tu en avais peur.

– J'en avais peur. C'est pour ça que sa prédiction doit être vraie. Elle était trop terrifiante pour être une simple machine.

– Alors, qu'est-ce qu'elle t'a annoncé ?

– Je vais te montrer.

Je lui souris en cherchant le morceau de papier chiffonné dans le fond de mon sac, mais il n'est plus là. Je l'ai perdu !

– Oh *my God*, le papier a disparu ! Il disait que notre amour durerait toujours ! Il disait vraiment ça. Oh non, est-ce que tu penses que c'est un mauvais présage ?

– Voyons voir, dit Loup en tendant les bras comme s'il mesurait les possibilités grâce à ses paumes. D'un côté, tu avais cet important document qui stipulait que notre amour durerait toujours… mais tu l'as perdu. *C'est* très sérieux. Et de l'autre… je suis complètement *dingue* de toi, ma petite superstitieuse lunatique ! (Il prend mon visage entre ses mains pour m'embrasser.) Je pense qu'on va s'en sortir.

Les autres sont maintenant endormis. Nous veillons toute la nuit, puis regardons ensemble le lever du soleil. Les oiseaux ont viré un peu fous juste avant ; ils volettent et pépient dans le bleu marine du ciel. Je ferme les yeux et m'appuie contre Loup, la fatigue commençant à alourdir ma tête.

– Est-ce que tu vas vraiment m'attendre ? demande Loup à voix basse.

– Mmm ? (Je garde les yeux fermés.)

– Je viens de me rendre compte que tu pourrais rencontrer quelqu'un d'autre pendant l'été et oublier tout ce que tu ressens pour moi maintenant, explique Loup en souriant, mais il n'y a aucune trace de plaisanterie dans sa voix. Et ça m'inquiète.

Je m'écrie, stupéfaite :

– Ne le sois pas ! Ça ne m'arrivera pas ! Tu sais à quel point je tiens à toi.

– Ouais... Des fois, j'ai du mal à croire que tu es réelle, murmure Loup. Tu es la personne la plus merveilleuse, intelligente et adorable que j'ai jamais rencontrée. Je ne veux pas prendre le risque de te perdre. Je me suis engagé pour l'été sans considérer ce risque, et maintenant j'ai peur, je me sens idiot de ne pas m'en être inquiété plus tôt, excuse-moi de m'être montré aussi égoïste. Ça me perturbe de te laisser seule tout l'été, et je me demande à présent comment je vais traverser ces quatre mois sans toi.

– Le temps, je t'assure, va passer comme ça, dis-je d'une voix endormie en essayant de claquer des doigts, mais je parviens seulement à les frotter ensemble.

– Viens par ici.

Il me laisse me blottir contre son torse, me tenant dans ses deux bras, de sorte que je me sente bien et au chaud, aimée, en sécurité. À mon réveil, je suis dans la même position et Loup est réveillé, ses lèvres posées sur mon front.

Nos adieux à l'aéroport sont éprouvants. Je suis constamment sur le point d'éclater en sanglots. Loup, lui, est épuisé et craint d'avoir oublié quelque chose ; Chuck est en retard ; nous courons partout en panique, essayant d'agir normalement l'un avec l'autre et échouant lamentablement. Les parents de Chuck sont venus lui dire au revoir. Ils nous ont emmenés, Loup et moi, jusqu'à l'aéroport. Le père de Loup n'est pas là : il n'a donc que moi. Ce qui, bien sûr, veut dire que nous pouvons nous montrer larmoyants et romantiques à souhait, nous embrasser et nous étreindre, nous disant tout ce qu'il faut. Je peux voir que Loup est beaucoup plus inquiet qu'il ne veut l'admettre ; ça le rend distrait, et même distant. À quelques reprises, il se surprend à surveiller les panneaux de vols ; il se tourne ensuite vers moi pour me regarder droit dans les yeux et, sans un mot, m'embrasse le front

et me serre dans ses bras tellement fort que je peux à peine respirer.

– Oh *my God*, ça y est, déclare-t-il lorsque c'est l'heure du départ. Est-ce que ça va aller ?

– C'est pour toi que je m'inquiète.

Chaque seconde semble la dernière et chaque parole, la dernière que j'ai l'occasion de dire avant son départ.

Il me serre encore une fois, en murmurant :

– Tu vas tellement me manquer.

– Oui (c'est tout ce que je parviens à énoncer, je sais que ma voix va se briser).

– S'il te plaît, ne me laisse pas.

– Je ne le ferai pas, chuchoté-je.

– Ne m'oublie pas.

– Promis.

– Je t'aime, chuchote Loup.

– Je t'aime.

– Je ne veux pas arrêter de te serrer contre moi.

– N'arrête pas.

Lorsqu'il traverse la porte d'embarquement, je prie pour qu'il me regarde une dernière fois, qu'il ne continue pas à s'éloigner ainsi. Il se retourne, me sourit, puis disparaît.

Chapitre 18

À travers les baies vitrées, j'aperçois les avions qui décollent; ils apparaissent si petits et fragiles, s'envolant vers les nuages, puis disparaissant. L'un d'entre eux transportera Loup à l'autre bout du monde. Je presse mes paumes froides sur mon visage mouillé de larmes, tentant de retenir les prochaines et de m'arranger un peu avant de retrouver les parents de Chuck, qui m'attendent pour me ramener à la maison. Ils me disent plein de trucs gentils et font des blagues sur les deux garçons qui auront enfin un vrai travail, mais nous sommes tous tristes. La mère de Chuck a l'air d'être sur le point de pleurer, elle aussi. Elle me demande si j'ai faim et m'offre un Kit-Kat, sauf que je ne peux plus imaginer manger quoi que ce soit pour le reste de ma vie. Nous sommes sortis très tôt ce matin; la fatigue, la faim et les larmes m'ont drainée et laissée dans un état extrêmement sensible. Après une vingtaine de minutes, le père de Chuck allume la radio et nous rentrons en silence. Des images de Loup traversent mon esprit, un album photo de ses sourires.

Il est parti.

Je suis toute courbaturée quand je rentre à la maison. Ma mère m'offre un câlin et me demande si ça va aller.

– Je vais bien. Je pense que mon esprit n'a pas encore encaissé le choc.

Cette nuit-là, j'ai pris un bain et j'ai pleuré, parce que Loup a été capable de me quitter alors que nous venions de nous trouver, et je me demande combien d'autres obstacles se mettront en travers de notre chemin. J'ai également pleuré des larmes de joie, puisque je n'ai jamais été autant aimée et en sécurité de ma vie; je sais que, même si nous serons séparés pendant plusieurs mois, je ressentirai la même chose à nouveau. J'ai vérifié ma boîte de courriel, dans laquelle m'attend habituellement une note romantique et loufoque de Loup lorsque je vais me mettre au lit. Il n'y a qu'un message de Matty, qui espère que je vais bien et qui dit que je peux l'appeler si je veux en parler. Je sais que je me sentirais mieux en entendant sa voix, mais c'est plus facile de ramper dans mon lit et de m'endormir pour oublier la tristesse. Étonnamment, je me suis assoupie très vite.

Dans les jours qui suivent, ma famille se montre absolument géniale, compte tenu de la façon ridicule dont j'agis. Je m'effondre, regarde des shows de téléréalité sans arrêt et écoute toutes les chansons qui ont une signification spéciale pour Loup et moi, les chantant à pleins poumons lorsque je suis seule. Après ma perte initiale d'appétit, je découvre que je suis capable d'engouffrer des paquets entiers de petits gâteaux en moins d'une heure. Solitaire et lasse, je me couche parfois sur mon lit en songeant : «J'étais heureuse avant de rencontrer Loup. Comment je m'occupais, dans ce temps-là? Qu'est-ce que je fichais de mes journées?»

Chapitre 18

Il a fallu que j'apprenne rapidement à cesser d'organiser mes journées en fonction de Loup et à me souvenir de ne pas gaspiller ce que je considérais auparavant comme ma saison préférée. Il n'y a pas d'école et la température est au beau fixe. En fait, je suis gênée d'admettre combien je suis misérable sans lui. Je suis persuadée que tout le monde pense que j'exagère et que, derrière leurs encouragements et leurs promesses que le temps s'écoulera vite, tous trouvent secrètement que je me conduis comme une enfant.

En réalité, ma famille prend mon chagrin au sérieux et elle se montre très sensible à mon égard. Mes proches s'en font pour moi et tentent de me remonter le moral. Mon frère me force à assister aux parties de soccer qu'il joue contre ses amis; ma mère m'amène magasiner, m'achetant toujours de beaux articles; mon père me surnomme Tessie comme lorsque j'étais petite, il m'invite au cinéma. Cet été, je me rapproche plus d'eux que je ne l'ai fait durant toute mon adolescence. Je vis une véritable transformation : je mûris.

Ma relation à distance avec Loup est très pénible, dès le départ. Loup m'envoie un courriel plus tôt que je m'y attendais. La bonne nouvelle : il y a beaucoup de cafés Internet à Lima; la mauvaise : il ne restera pas longtemps à Lima. Il ne s'en va cependant pas très loin de là, et il espère pouvoir se connecter régulièrement. Malgré le fait que Chuck et lui aient passé plusieurs semaines avec Adam à planifier leurs vols et leur hébergement, la période d'examens, chargée, les avait

empêchés de s'y consacrer à cent pour cent. J'ai le sentiment qu'ils comptaient sur Adam pour qu'il organise le tout, sans nécessairement connaître chaque détail des tâches qu'ils auraient à accomplir ou de la manière dont leurs journées seraient occupées. Loup commence tout juste à découvrir ce que son voyage implique. Il me tient au courant au fur et à mesure qu'il en apprend plus. Il m'appelle tous les soirs au début de son séjour pour me dire qu'il est content d'être là-bas et que je lui manque. Il utilise une carte d'appel de mauvaise qualité, ce qui signifie qu'il y a un décalage entre nos répliques et de l'écho sur la ligne. Au début, on parlait tout le temps l'un par-dessus l'autre ; et je répétais souvent mes paroles, pensant qu'il n'avait pas capté ce que j'avais dit, et j'entendais ma propre voix se répercuter quelques secondes plus tard avec un ton irritant et super aigu.

Une lettre arrive par la poste, une quinzaine de jours après son départ. Il y a quelque chose de suranné dans les lettres écrites à la main qui rend celle-ci spéciale, même si elle ne contient rien que Loup ne m'ait déjà raconté au téléphone. Je sais à quel point il adore recevoir mes courriels, alors je lui en expédie régulièrement : environ une vingtaine de courts messages s'accumulent dans sa boîte avant qu'il ait l'occasion d'en prendre connaissance. Ils racontent tous plus ou moins la même chose, que je m'ennuie énormément de lui, ou traitent de sujets incroyablement banals comme les émissions télé que je regarde. Des choses qui me font passer pour une idiote, si on considère comment lui occupe ses vacances. Ses courriels parlent beaucoup du fait qu'il est attristé d'être loin de moi, du peu de temps libre qu'il possède, de la difficulté à s'installer complètement. Mais, en même temps, il est sincèrement enthousiaste et rempli d'excitation face à tout ce qu'il vit.

– Je suis époustouflé par la beauté du pays. Tous les jours. Je dois revenir ici et en profiter proprement avec ma blonde, me jette-t-il une fois, au téléphone.

– C'est moi ça? (Je rayonne de plaisir.)

– Ouaip. T'es ma blonde.

Je peux entendre le sourire dans sa voix.

Les lettres ont continué d'arriver, bien qu'elles soient moins fréquentes que les courriels. Il essaie de m'en envoyer au moins une par semaine, et je les chéris grandement. Elles sont longues et détaillées, puisqu'il les rédige au lit, quand il a du temps devant lui et qu'il n'est pas en route pour une quelconque destination. L'une d'elles mentionne qu'il n'arrive pas à se composer un menu végétarien (je sais que, depuis, ça s'est arrangé), puis décrit dans les moindres détails la nuit où Chuck et lui ont dormi dans un petit motel bizarre, sans serrures aux portes. Ils se sont réveillés en sursaut vers trois heures du matin pour trouver une femme étrange dans la chambre, debout au pied de leurs lits. Tous deux ont hurlé au meurtre, mais aujourd'hui ils rient de la sale frousse qu'ils ont eue. Ils logent à présent chez un ami d'Adam, dans un petit village

à côté de Manchay. Durant le jour, ils prêtent main-forte à la reconstruction d'un orphelinat qui a complètement été détruit par les inondations. Ni l'un ni l'autre n'ont d'expérience en construction et, comme Loup me l'a rappelé, ils avaient encore de la difficulté à monter une tente la veille de leur départ. Le superviseur des travaux les a, par conséquent, chargés de remplir les brouettes avec du sable et d'aller chercher les matériaux.

«Devine quoi, me dit-il, j'ai trouvé un endroit qui développe des photos, et j'ai terminé ma première bobine rapidement. Dans un pays avec certains des plus beaux paysages du monde, ça me semble un crime de t'envoyer une photo pas si réussie avec les autres.»

Il m'a expédié une bonne douzaine de clichés dans des feuilles de papier pliées. Je m'attends à quelque chose de triste, mais il n'y a rien de tel dans ce que je feuillette : de superbes montagnes avec un ciel bleu intense, des palmiers et des bâtiments magnifiques, des pyramides d'oranges dans les marchés publics locaux, une cathédrale avec de splendides ornements. Quand je vois la dernière photo, je comprends ce à quoi sa lettre faisait référence et je m'esclaffe : il s'agit de Loup dans une minuscule chambre d'hôtel, tenant une affiche rédigée à la main qui clame «Je t'aime», et fixant l'objectif avec de gros yeux tristounets. Je sais qu'il plaisante, avec son expression misérable super exagérée et sa petite affiche toute triste. Je touche son visage du doigt, je contemple et adore la photo pendant des heures, parce que je n'en ai pas beaucoup de lui.

Je montre les clichés à Matty. Elle fait un effort extra spécial pour ne pas me mettre de côté pendant qu'elle et Jim s'adonnent à des activités de couple. Nous passons plusieurs moments ensemble toutes les deux, comme avant. Je veux partager des messages et des anecdotes de Loup avec elle parce que, d'une certaine manière, si les gens savent que nous nous aimons toujours, ça rend cet amour plus réel, ça le rend mien, ça prouve que j'ai toujours mon petit ami officiel et qu'il ne s'agit pas juste de quelqu'un avec qui je discute sur Internet.

Matty et moi regardons les mêmes films nunuches et romantiques, et ne faisons absolument rien d'utile de nos vacances, au grand désespoir de sa mère. Par exemple, on aurait pu commencer à étudier les listes de lectures et de manuels préparatoires qu'on nous a fournies en vue de nos prochains cours de français enrichis. Mais c'est dur d'entamer quelque chose de nouveau quand on a révisé si longtemps et si fort pour ses examens, dont on attend encore anxieusement les résultats.

Lima a six heures de décalage par rapport à la Grande-Bretagne, ce qui signifie que, pour faire un échange de courriels en temps réel, je dois veiller tard parce que Loup travaille toute la journée. Sa charge de travail semble extrêmement dure, mais je peux dire qu'il adore ça.

«Le labeur physique me muscle», m'écrit-il dans un courriel. «Tu te souviens comme j'étais chétif avant? Une vraie asperge! Écoute ça, ils m'ont permis de faire un peu de maçonnerie aujourd'hui. Attends de me voir à mon retour: tu vas avoir un chum aussi beau que toi. Je suis *hot*! Et si tu me trouves *hot* – et c'est ce qui va arriver –, attends d'apercevoir Chuck. Trois semaines sans PlayStation et régime aux gâteaux l'ont transformé en méchant pétard. *Tsssssss!*»

Même par courriel, il parvient à me faire rigoler.

Pendant qu'ils travaillent, des enfants viennent s'asseoir dans les environs pour les regarder. Ils interrogent Chuck et Loup sur la Grande-Bretagne, ils leur demandent comment sont les enfants de là-bas. Loup m'envoie des photos de ceux avec qui il s'est lié d'amitié. Ils sont absolument adorables – des cheveux brillants et de beaux yeux sombres. Il y a une photo que j'affectionne particulièrement, celle où Chuck se fait pratiquement écraser par un groupe de gamins, qui s'esclaffent alors qu'ils bondissent sur lui. Dans certaines photos, le Pérou ressemble à un paradis sur terre, avec des plantes aux feuilles énormes et du soleil partout, alors que d'autres dépeignent des bidonvilles et des terres poussiéreuses et dépouillées, avec des enfants aux sourires tristes et aux visages effrayés. Les photos de Loup sont incroyables: sensibles, humaines et touchantes.

Les résultats scolaires arrivent bien avant Loup. Mes amies ont toutes bien réussi. Loup m'appelle ce matin-là, même si ça devait être super tôt pour lui, pour me parler des siens. Le père de Chuck les a réveillés pour leur annoncer la nouvelle, et ensuite Loup a téléphoné à son propre père qui, me dit-il, aurait préféré qu'on l'appelle à une heure plus décente. Son cégep demande des C ; il a une note en dessous de celle exigée en math (D), mais un A en histoire et un B en français. Mais, puisqu'il a l'intention de reporter son entrée au cégep, ça lui importe peu de n'être pas accepté maintenant ; il pourra toujours s'inscrire l'année prochaine. Il dit que Chuck et lui iront célébrer leurs résultats.

De mon côté, je sors avec Jane et Lara quelques soirs plus tard. Elles me racontent à quel point elles sont excitées et nerveuses à l'idée de quitter leurs domiciles pour le cégep. Je me sens triste, frissonnante, jeune face à elles. Même si on s'est rapprochées avec le temps, je ne vis pas les mêmes choses qu'elles et cela crée une certaine distance entre nous. Et puis, le lendemain matin, Loup m'envoie un courriel pour m'apprendre que les filles lui ont téléphoné pour leur annoncer leur admission dans leurs programmes. Il s'est aperçu de combien de choses Chuck et lui rataient en étant absents : tout plein de moments importants. Il en semble grandement chagriné, et ça me fait mal de ne pas pouvoir l'enlacer et lui dire que tout ira pour le mieux. Ce serait un mensonge, mais moi en tout cas, j'ai besoin d'entendre quelqu'un le dire.

De : loupc@globenet.com
À : ttaylor@spectraweb.com
Sujet : Re : Re : Tu me manques

La nuit dernière, Adam, Chuck et moi, on a parlé de filles. Chuck a avoué qu'il a toujours été amoureux de Jane. Ad a parlé de la fille avec qui il habitait l'année dernière, et qui l'a quitté il y a deux mois de ça. Je n'avais pas d'histoire triste à partager. Mais ce que je vis est encore plus atroce, parce qu'eux n'ont pas quelqu'un qui leur manque et qui est très loin d'ici.

Bisous, L

J'ai reçu un A dans presque tous mes cours. Un A+ en anglais, et un B en théâtre. C'est mieux que ce à quoi je m'attendais. J'en suis pas mal ravie, et ma famille aussi. Matty a obtenu plus de A+, mais aussi plus de B, dans les cours de sciences et de langues. Pendant longtemps, j'ai imaginé ce jour comme le plus crucial de ma vie. Pourtant, lorsque les résultats arrivent, quelqu'un que j'aime m'a déjà communiqué les siens, et je pense plus au fait que je n'aurai pas de mauvaise nouvelle à lui annoncer en l'appelant ce soir. Ma mère sait que je suis excitée et, puisque j'utilise une carte d'appel qui me permet de converser à quatre sous la minute, elle m'autorise à parler à Loup pratiquement toute la nuit. L'une de mes amies organise une fête, mais je sais que, si j'y vais, je passerai la soirée à attendre le moment de revenir à la maison pour téléphoner à mon amoureux, alors je reste chez moi. Matty essaie de me faire changer d'avis, sans y parvenir. Parfois, quand on est triste ou qu'on redoute une fête, on peut finir par se laisser emporter par l'atmosphère festive ; notre moral s'en trouve remonté, et on oublie tout pendant un instant. Mais si on se rend là-bas en sachant qu'on aurait préféré être ailleurs, c'est peine perdue.

Après avoir crié qu'il était ravi de mes résultats, Loup me rabroue gentiment en disant que je ne devrais pas rater des fêtes et me priver d'avoir du bon temps juste pour bavarder avec lui. Mais par la suite, on se met à parler, parler, parler, et je comprends que j'ai fait le bon choix.

De : loupc@globenet.com
À : ttaylor@spectraweb.com
Sujet : Scoop !

Encore félicitations pour ton petit cerveau brillant ! J'ai maintenant peur que tu te mettes à corriger mentalement toutes mes fautes de grammaire dans mes courriels.

Oui, mon cours d'espagnol m'aide beaucoup. Je peux comprendre tout ce que les gens me disent, mais je suis vraiment lent quand je réponds. Heureusement qu'ils sont patients !

Beaucoup de volontaires sont Péruviens – il existe une culture altruiste ici, qui surprend et qui fait réfléchir. Les enfants ont souvent besoin de recevoir un peu d'amour. On en a d'ailleurs amené quelques-uns à

Lima – avec la permission de leurs parents, bien sûr – dans une crèmerie. Excellente crème glacée. Je leur ai montré une photo de toi – ils ont tous déclaré que tu étais belle.

Je t'envoie des photos de gamins avec de la crème glacée plein la bouille ! J'aurais aimé que tu sois là pour voir ça et les entendre rigoler.

De : loupc@globenet.com
À : ttaylor@spectraweb.com
Sujet : xxxxxxxxxxxxxxxxx

Je t'aime.

Je n'ai jamais eu de petits amis avant Loup. J'étais quand même heureuse. Pourquoi est-ce si difficile de vivre si loin de lui, alors qu'il m'envoie des courriels, me téléphone au moins une fois par semaine et que je sais qu'il reviendra ? D'une part, ce que je faisais de mon temps avant – demeurer devant la télé, surfer sur Internet, manger des grandes quantités de petits gâteaux – me semble maintenant horriblement insipide. Mais ce n'est pas juste ça. C'est effrayant. J'ai quelqu'un pour qui m'inquiéter, quelqu'un à perdre. J'ai peur que notre séparation le métamorphose. Il vit pleinement en ce moment – il accomplit des choses importantes et merveilleuses, il rencontre de nouvelles personnes. Bien que je sois contente pour lui et que j'adore l'entendre en parler, comment puis-je rivaliser avec ce genre d'excitation? Qu'est-ce qui l'empêcherait de quitter une fois pour toutes une petite ville aussi ennuyeuse que la nôtre à la fin de l'année? Si j'étais la seule chose qui le retenait ici, ma présence sera-t-elle suffisante pour le retenir après son retour?

Mais ce sont les vacances, et il est impossible d'être triste sans arrêt quand le temps est aussi magnifique. Matty et moi sommes couchées dans ma cour arrière, profitant du soleil. Matty lance:

– Tu te souviens de la fois où je t'ai dit que l'amour était la dernière chose dont nous avions besoin, puis qu'on l'a toutes les deux trouvé juste après?

– Je sais, c'est fou. Est-ce que tu as changé d'avis?

– Ben, Jim est dans la même année que nous, alors je crois que mon problème est réglé pour un bon bout de temps.

– Moi, je pense que, maintenant que tu as trouvé Jim, tu t'es débarrassée de tous tes problèmes.

Matty se retourne sur le ventre pour mieux me regarder.

– Je crois que j'étais accro à l'inquiétude, avoue-t-elle. C'est un peu déroutant, tout ce bonheur. Jim n'est jamais de mauvaise humeur, il ne m'envoie jamais promener, il ne se plaint jamais que je ne lui donne pas assez d'attention. C'est quoi, l'attrape?

Il rend tout facile, et je ne vois pas comment ou quand il ferait autrement.

– Moi, c'est Loup qui complique les choses, dis-je pour ma part. Il me dit qu'il m'aime, puis m'annonce qu'il ne passera pas l'été avec moi. Je suis donc malheureuse parce que je suis heureuse, tu comprends? Si je ne retirais pas autant de choses de ma relation avec lui, si je ne souriais pas chaque fois que je pense à lui, ça ne m'attristerait pas autant de ne pas l'avoir à mes côtés. Donc, il ne s'agit pas d'un vrai chagrin, n'est-ce pas?... C'est juste que je me rends compte qu'il existe d'autres... émotions... que l'amour.

– Ouais, approuve Matty. Je vois ce que tu veux dire. Mais on aimerait mieux s'en passer, non?

Chapitre 19

Je vois Loup malgré le fait qu'il soit loin, en train de me parler au téléphone. Je le vois claire-ment. Je pourrais presque le toucher. Je remarque la barbe naissante qui assombrit ses joues et son menton, le pli doux de sa bouche. Il porte le t-shirt kaki que j'aime tant et les pantalons en velours côtelé qu'il avait la première fois que nous nous sommes embrassés. Il tient le téléphone et me parle, mais c'est comme si je regardais un film de lui : pour une quelconque raison, je suis incapable de lui répondre – je n'arrive pas à prononcer un mot. Il dit : «Tess, je ne peux plus vivre sans toi. Cet été loin de toi n'a aucun sens. Le Pérou est magnifique, mais tu me manques trop. Je reviens en bateau demain matin et nous serons réunis. Nous ne serons plus jamais séparés et je n'irai plus jamais ailleurs sans toi. »

J'essaie toujours de lui répondre, mais je ne peux pas. Je ne peux que serrer le combiné plus

fort et le regarder, l'implorant des yeux, et ça semble suffisant puisqu'il ajoute : «Moi aussi. Je serai *toujours* amoureux de toi», puis il hurle presque : «Je t'aimerai toujours, Tessa!» avant de s'éloigner de plus en plus. Sa voix s'évanouit, son image pâlit et rapetisse, et il embrasse doucement le bout de ses doigts alors que ses yeux bruns trouvent les miens.

C'était un rêve. Je rêvais. Ma chambre est inondée de soleil – les rideaux cachent difficilement la lumière. Il est seulement six heures vingt; je ne suis pas obligée de me lever ni d'aller quelque part. Loup est parti depuis soixante-quatre jours et restera au Pérou pour encore soixante-cinq jours. Il m'a écrit un courriel pour me dire qu'il a acheté une nouvelle carte d'appel et que ce soir il compte l'utiliser au complet, afin de fêter la moitié de son voyage.

Plusieurs jours se sont écoulés depuis la dernière fois qu'il m'a téléphoné, et je trouve ça dur de ne pas avoir de ses nouvelles. Mais c'est dur aussi quand il m'appelle, parce que, lorsque la conversation est terminée, ou après que j'ai fini de lire ses courriels lors d'une session Internet, je sais que je dois attendre au lendemain. Mon rêve était doux-amer, puisque Loup me manque tellement que ça semblait réel, mais je me suis réveillée trop tôt et je n'ai pas pu l'attraper.

Je sors quand même du lit, descendant les escaliers sur le bout des orteils avant de me verser une tasse de thé en écoutant le chant des oiseaux. C'est

Chapitre 19

étrange d'être la seule personne debout quand il fait aussi clair dans la maison. Je lis les journaux de la veille à la table de cuisine, picorant le glaçage d'un gâteau que j'ai trouvé dans le réfrigérateur. Aujourd'hui, Matty et moi allons désherber le jardin de sa mère.

Matty n'est pas tout à fait réveillée lorsque j'arrive chez elle. Elle a encore son pyjama sur le dos et elle regarde MTV.

– Viens voir ça, m'enjoint-elle en montant le volume de son nouveau vidéoclip favori.

– N'allez-vous donc pas faire quelque chose d'utile aujourd'hui ? grogne sa mère en passant devant la porte. Vous rentrez à l'école après-demain et vous n'avez rien fait de votre été. Mathilda, tu n'es pas du tout prête pour la rentrée – tu n'as pas encore commencé à planifier quoi que ce soit. Tu ne devrais pas gaspiller ton temps libre ; il est précieux, tu sais.

Matty roule des yeux. On visionne des vidéo-clips pendant une heure sans qu'elle fasse le moindre mouvement pour se lever. Elle me déclare que Jim se révèle être le meilleur petit ami qu'elle ait jamais eu ; il est adorable et tellement romantique.

– Quand tu as commencé à fréquenter Loup, je me suis rendu compte qu'il y avait sûrement quelque chose qui clochait entre Lee et moi. C'est probablement pour ça que j'étais suspicieuse à propos de Loup ; il avait l'air trop parfait pour être

vrai. Je sais que les relations sont toujours plus faciles au début, on se tient un peu pour acquis, mais Lee n'a jamais… tu sais. Non seulement Jim me comprend, mais il *tient* à moi. Je ne pense pas avoir connu un gars comme lui avant.

Je suis contente pour elle. Le look de Matty et son assurance lui ont toujours garanti qu'elle ne manquerait pas de garçons à ses pieds, mais bien trop souvent, il s'agit du mauvais type de gars. Certains d'entre eux, comme Lee, manquent de confiance et tentent de la rabaisser afin qu'elle ne s'aperçoive pas qu'elle est trop bien pour eux. D'autres ne sont intéressés que par sa beauté. Jim, lui, l'a toujours aimée pour ce qu'elle était, la vraie elle : la preuve en est gravée dans la forêt de Cadeby.

Matty est en train de me montrer un CD de musique que Jim a conçu pour elle, avec un petit livret qu'il a lui-même rédigé, lorsque sa mère entre et m'annonce que la mienne m'attend dehors, dans la voiture.

Je suis soudain inquiète. Il faut que ce soit sérieux pour que ma mère décide de rouler jusqu'ici alors que j'ai mon téléphone sur moi. Je m'empresse de descendre les escaliers, essayant de deviner ce qui ne va pas : pourquoi a-t-elle conduit jusqu'ici au lieu de m'appeler et de me demander de rentrer? J'ai peur qu'un événement tragique soit arrivé; peut-être que mon frère ou papa sont blessés. Mon cœur bat la chamade.

– Tessa, je dois te parler, dit-elle aussitôt que j'approche de la voiture.

Sa voix est horriblement basse et douce. Son visage est pâle et elle a l'air effrayé, ce qui m'effraie à mon tour, parce que je ne me souviens pas de l'avoir déjà vue dans cet état. Je fais une espèce d'au revoir à Matty, qui est restée, inquiète, sur le seuil de sa porte, pour lui assurer que je vais bien même si je n'ai aucune espèce d'idée de ce qui se passe. J'entre dans la voiture et ma mère conduit un peu plus loin avant de tourner et de se stationner.

– Chuck a appelé à la maison un peu plus tôt. Loup a été victime d'un accident de voiture hier. Je... Il n'a pas survécu.

Je ne doute pas un instant qu'elle dit vrai et la nouvelle me frappe immédiatement. J'ai mal, et ma mère se penche vers moi dans la voiture, me serrant contre elle et me caressant les cheveux alors que je tremble. Je tremble de la tête aux pieds ; ma peau me fait mal, je pense que j'ai oublié comment respirer. Je peux entendre ma voix, aiguë et bizarre ; elle ne sonne pas comme la mienne. Elle sonne comme si je l'entendais à travers des haut-parleurs, elle résonne dans mes oreilles et se moque de moi. Je n'arrête pas de poser les mêmes questions : « Est-ce qu'ils savent si c'est vrai ? Était-ce réellement Loup ? Est-ce qu'ils en sont SÛRS ? Est-il véritablement mort ? Est-ce que Chuck l'a vu ? »

J'espère trouver une faille dans son discours qui prouverait que rien de tout ça n'est arrivé, alors que, au fond de mon cœur, je sais qu'il n'y a aucun espoir. C'est comme si j'avais pressenti dès le début pourquoi notre séparation serait si difficile, ça explique pourquoi j'avais peur pour nous quand il a annoncé qu'il devait partir ; comme si, en quelque sorte, je savais qu'un événement terrible allait survenir.

Il traversait une rue de Lima lorsqu'un poids lourd a perdu le contrôle en tournant trop vite au coin d'une rue : il s'est écrasé dans la vitre d'une boutique après avoir frappé Loup. Ce dernier est mort sur le coup.

Chuck est revenu en Grande-Bretagne par le premier avion. Il me rend visite le lendemain de son retour, apportant avec lui quelques affaires de Loup : son portefeuille, son chandail à capuchon que je portais parfois, quelques photos de Manchay qu'il venait juste de développer. Il n'y en a pas beaucoup de lui, elles représentent toutes des enfants péruviens, Chuck et des belles vues du paysage. Je me sens coupable alors que je les regarde, parce que je suis très déçue qu'il n'y en ait pas plus de Loup.

– Il était fou de toi, tu sais.

Chuck marmonne parce qu'il n'a pas l'habitude de se montrer aussi sérieux. Je lui lance un regard oblique ; il a l'air épouvantable, ses yeux sont injectés de sang et ses cheveux sont sales, ils se dressent dans toutes les directions.

– Il se plaignait chaque nuit, avant qu'on aille se coucher, d'avoir à partager une chambre avec moi. Le matin où c'est arrivé, il s'est réveillé en disant qu'il avait rêvé qu'il t'avait vue. Désolé, c'est un peu stupide de raconter ce genre de choses, mais je me souviens de ce détail.

– J'aime entendre parler de lui.

– Tu lui manquais énormément, ajoute Chuck. Il aimait son travail, mais il avait les *blues* en soirée. Il ne voulait pas se joindre à moi lorsque je flirtais avec les filles là-bas. Le mec typiquement amoureux, tu vois.

J'éclate en sanglots. Chuck me prend dans ses bras et je me laisse aller contre lui, même si on ne s'est jamais touchés auparavant. J'enfouis mon visage dans le creux de son épaule, l'inondant de mes larmes, avalant avec peine. Durant un moment de silence, j'entends Chuck renifler et je m'aperçois qu'il pleure aussi. Il vient de perdre son meilleur ami. Il a dû prendre l'avion tout seul, en sachant qu'il ne le reverrait plus jamais. Puis il est directement venu me voir. Il a été extraordinairement brave et gentil ; je lui en suis reconnaissante et je souhaiterais trouver quelque chose à lui dire pour le remercier et atténuer son chagrin.

Après que Chuck soit rentré chez lui, j'enroule le chandail à capuchon autour de mes épaules puis je me roule en boule dans mon lit, enfonçant

mon visage dans les draps pour pleurer sans que personne m'entende. J'ai l'impression de mourir. Je *veux* mourir, à ce moment-là, je le veux vraiment. C'est comme si on m'avait arraché le cœur de la poitrine, laissant à la place un trou douloureux, atroce. Une douleur horrible, *physique*.

Dans le portefeuille de Loup, il y a une photo de moi en noir et blanc, en train de rire ; je me rends compte que c'est celle qu'il a prise quand nous sommes allés ensemble dans la forêt pour l'article de journal. Derrière, il a écrit : *Tess, dix minutes avant notre premier baiser.*

Quand l'école recommence, ma mère me permet de prendre congé la première semaine ; on s'entend pour que ce ne soit qu'une semaine, cependant. Je m'attendais à ce qu'elle m'oblige à y aller en affirmant que ce serait bon pour moi de sortir et d'entrer dans une nouvelle routine, que ça me changerait les idées. Au contraire, elle me fait des toasts à la confiture et mon père s'occupe de son propre déjeuner et de celui de Jack. Quand elle en a le temps, ma mère s'assoit avec moi et m'enlace, parfois elle pleure aussi.

Les funérailles de Loup ont lieu le premier vendredi après la rentrée et, puisque je n'ai pas encore remis les pieds à l'école (je suis à peine sortie de chez moi), cette assemblée me rend nerveuse. Je voudrais fuir. La mère et le père de Loup sont assis ensemble et se parlent pendant une éternité, ce que je trouve touchant. Chuck fait un discours sur son meilleur ami devant tout le monde. Je ne l'imite pas. Je n'en suis pas capable. Jane tient ma main durant le service ; elle est celle qui pleure le plus, avec moi. Matty, assise à ma droite, s'appuie contre moi.

La mère de Loup vient me parler lors de la veillée funèbre. Elle lui ressemble beaucoup ; elle a les mêmes cheveux bruns ondulés, les mêmes yeux bruns, mais les siens sont plus tristes et plus durs.

– Il m'a écrit pour m'annoncer qu'il était amoureux, dit-elle.

Elle me demande de l'appeler par son prénom, Chloé.

– Il semblait plus heureux qu'il ne l'avait jamais été auparavant.

– Il *était* heureux, dis-je.

Je veux lui raconter à quel point son fils était fantastique. Mais je n'ose pas, parce que j'ai peur d'elle. J'ai peur qu'elle se mette soudainement à hurler et à me blâmer de l'avoir laissé partir au Pérou. Une autre petite partie de moi est fâchée parce qu'elle l'a blessé par le passé. Je sais que la douleur qu'elle vit est ignoble et qu'elle doit se sentir horriblement coupable.

En fin de compte, cependant, je m'aperçois que tout ce que je veux lui dire, c'est qu'il avait été heureux.

Chapitre 20

Le lendemain, Lara m'appelle de son portable pour me demander si je veux aller à la forêt de Cadeby avec elle, Jane et Chuck. J'annonce à mes parents, qui déjeunent, que j'y vais. Mon père me demande si ça va; je hoche la tête. Lorsque je suis sur le point de quitter la cuisine, il lance : «Viens ici, Tess». Il m'attire contre lui et me serre très fort. Il n'ajoute rien d'autre.

Je retrouve Jane et Lara au bout de ma rue et nous marchons en silence jusqu'à la forêt. C'est un peu avant neuf heures et la journée sera belle. L'air est frisquet, le ciel dégagé arbore une couleur très pâle. La forêt bruisse de vie sauvage, même si les animaux tentent de se cacher des visiteurs du matin, et il y a une forte odeur de feuilles. La forêt est tout ce que j'aime, malgré le fait que j'ai perdu la personne qui en a fait mon endroit préféré sur terre. Chuck nous retrouve assises sur le tronc d'un arbre. Il s'installe en silence avec nous.

– Le sentez-vous? demande Jane. Je sens sa présence ici.

Je souhaite que ça soit vrai. Je souhaite qu'il soit là, dans chaque arbre qui se penche et soupire vers nous, dans les écureuils qui bondissent entre leurs racines, dans les rayons de soleil qui caressent les feuilles déjà rougissantes. Qu'il puisse me voir ici, en train de l'aimer, de l'attendre, et qu'il m'aime en retour.

On raconte des histoires à son sujet. Lara parle de la première fois où il l'a amenée dans la forêt, alors qu'elle ne savait pas que ça existait. C'est là qu'elle a appris pourquoi on le surnommait Loup. Jane se rappelle comment tous les quatre ont reçu une retenue de groupe parce que Loup avait cassé une table en essayant d'aller chercher le journal intime de Jane; un garçon qui l'intimidait l'avait lancé sur le bord d'une haute fenêtre. Ils avaient décidé de prendre la responsabilité de l'accident, sans dénoncer l'intimidateur.

Je désespère d'en savoir plus sur lui, je veux *tout* savoir. D'un autre côté, même si ce sont mes amis, qu'ils représentent beaucoup pour moi et qu'ils souhaitent partager leur amour pour Loup, je ne peux m'empêcher de jalouser le fait que Chuck, Lara et Jane le connaissent mieux que moi. Ils ont joui de beaucoup plus de temps avec lui – j'en ai eu tellement peu. Je me déteste de ressentir ça, mais ça m'obsède chaque fois qu'ils sourient à leurs souvenirs, qu'ils achèvent mutuellement leurs phrases. Ça me semble injuste : je croyais que j'avais encore toute l'éternité pour en apprendre plus sur lui. Maintenant, il ne me reste que le souvenir de quelques mois passés ensemble pour le reste de ma vie. Puis Jane raconte la fois qu'il leur a avoué qu'il était tombé amoureux de moi ; elle ajoute qu'elle ne l'avait jamais connu dans cet état, si sérieux et si timide. C'est comme si elle avait lu dans mes pensées et qu'elle voulait m'assurer que j'ai connu un Loup qu'ils n'ont jamais connu, eux non plus. Par la suite, Chuck en raconte un peu plus sur la façon dont Loup parlait de moi au Pérou. Je suis gênée et touchée par leur gentillesse, puis tout simplement reconnaissante de leur amitié.

Le jour de mon retour à l'école, je sens, ou plutôt, je sais que tout le monde me fixe. Je suis terrifiée à l'idée que, à un moment ou à un autre, je vais craquer. Attirer l'attention en pleurant devant tout le monde est la dernière chose que je souhaite. Toutefois, lorsque les gens se montrent gentils et désolés pour moi, c'est presque impossible de ne pas pleurer, et j'ai l'impression de passer la journée à recomposer mon visage pour ne pas lâcher prise, à retenir mes larmes, parce que, si je n'en laisse échapper qu'une seule, rien ne pourra m'empêcher d'éclater complètement.

Je m'éclipse pendant l'heure du lunch pour m'asseoir près de l'enclos de la chèvre. Matty

vient me rejoindre pour me demander si je désire qu'elle m'achète quelque chose à manger, mais elle comprend que je souhaite rester seule. Quand je suis sûre que plus personne n'est dans les parages, je demande à la chèvre :

– Tu te souviens de lui ? Il t'a aidée une fois. Il t'a permis de découvrir un peu le monde. Pendant un bref instant.

Je sais que, si quelqu'un me voit ou m'entend, il pensera que j'ai perdu l'esprit. J'ai besoin de parler à voix haute mais pas d'être entendue par quiconque. Je ne veux pas me faire dire que je vais finir par aller mieux, je sais que c'est un mensonge.

La semaine s'écoule ; aller à l'école m'aide, d'une certaine façon. Je suis forcée de penser à mes travaux scolaires et à mon horaire, de savoir où je suis censée me trouver et d'utiliser mon cerveau pour m'inquiéter à propos d'autre chose que de mon chagrin. Je ne peux pas suivre Matty partout comme un mouton parce que nous avons des cours différents. J'ai pleuré si longtemps déjà que cette pause est bienvenue : je suis obligée de me concentrer sur les mots, l'écriture, de ne pas penser à moi. Je me rends compte que j'ai vraiment besoin de cette pause, mais j'ai aussi l'impression que je ne la mérite pas. Que c'est mal de commencer à passer à autre chose, même s'il ne s'agit de rien du tout. Chaque fois que ma concentration diminue, mon esprit revient illico à Loup. C'est comme si mon cœur avait été temporairement vidé, puis que le sang refluait à nouveau, rapidement, avec le chagrin, et que ses battements se faisaient plus lourds sous le coup de la culpabilité. Comme si je laissais aller Loup, comme si tous les liens qui nous unissaient se brisaient. Et ça fait mal. Ça fait tellement mal. C'est plus profond, plus brûlant, plus différent de la douleur que j'ai ressentie quand il m'a quittée pour aller au Pérou. Tout l'été, il y a eu de la douleur, de l'envie et de la peur pour lui et moi, mais toujours de l'espoir aussi. Il y avait des courriels à lire et le vrai son de sa voix quand il appelait, pas juste son souvenir. Il y avait plus de lui, ou la promesse de plus dans le futur. Je savais que je pouvais compter sur ces moments jusqu'à ce que son retour me rende heureuse à nouveau, peu importe la brièveté des conversations et des courriels, peu importe la vitesse à laquelle la tristesse s'ensuivait, ou la sensation que le sol se dérobait sous mes pieds.

Maintenant, il n'y a rien qui puisse m'arrêter de sombrer ni personne pour me rattraper.

Épilogue

Matty dit que je n'ai rien à craindre.

– Ouais, pas vraiment, lui réponds-je.

Je viens encore de pleurer, mon visage est tout rouge et camouflé derrière mes cheveux; j'ai le menton appuyé dans mes mains sur le bras du sofa.

Elle balaie ma frange sur mon front avant de me sourire.

– Toi? Je n'ai pas besoin de m'inquiéter à ton sujet. Tu es Tess.

– Oh, ce que je suis chanceuse.

– Écoute, réplique Matty, pas une seule fois dans ta vie tu ne t'es laissée faire par quoi que ce soit. Pas une seule fois tu n'as perdu ton temps avec quelqu'un qui ne te méritait pas ou quelqu'un que tu ne trouvais pas assez cool. Tu as toujours

eu cette force, mais tu craignais de ne jamais connaître l'amour. Tu l'as connu.

– Exactement. J'ai eu ma chance. Je ne me suis pas laissé faire. J'ai attendu le bon gars et il n'est plus des nôtres à présent.

– Ce qui veut dire, poursuit Matty, qu'en plus d'avoir la fierté de ne pas t'engager avec des *losers* et des idiots et des Lee, tu sais que tu as l'habileté de tomber amoureuse par-dessus la tête, de vérifier tes courriels trois cents fois par jour et d'éclater de rire dans la rue parce que tu es tellement heureuse de l'avoir rencontré, LE VÉRITABLE AMOUR !

– C'était Loup, mon seul et unique amour.

– Non, proteste fermement Matty. Je ne prétendrai pas que tu rencontreras quelqu'un d'autre comme lui, parce que je sais que Loup était unique. Mais ce n'est pas le *seul* homme que tu aimeras. Ton cœur t'a déjà prouvé qu'il fonctionne. Les personnes que tu devrais plaindre sont celles qui n'ont jamais été amoureuses. Comme ma mère. Je pense qu'elle a toujours agi de façon raisonnable, sans jamais se laisser aller. Je ne l'ai jamais vue embrasser mon père ou rayonner de joie lorsqu'il entre dans la pièce, comme quand ta mère regarde ton père ou que je regarde Jim. Il y a des personnes, je crois, qui ne *vivent* pas ça. Tu sais, ceux qui ne lâchent jamais prise. Toi, tu as vécu l'amour à fond, tu fais partie des personnes les plus chanceuses de la planète.

Elle recule pour prendre une gorgée de son latté.

– Alors, non, je ne m'inquiète pas pour toi. Tu ne le devrais pas non plus.

Je ne sais pas si je dois la croire. Dans les chansons et les films, lorsqu'ils parlent de cœurs brisés, je les comprends. C'est exactement ce que je ressens : je suis brisée, j'ai l'impression que je ne saurai plus jamais comment être complètement et simplement heureuse à nouveau, comme je l'étais avant. Mais si quelqu'un m'offrait la possibilité de retourner dans le passé et d'effacer Loup de ma vie, de sorte que je ne connaisse pas la douleur que je vis depuis sa mort, je l'enverrais paître. Je me mettrais en colère. Mes mois avec Loup sont les plus importants de ma vie, ils m'appartiennent, ils m'appartiendront toujours. La personne que j'ai appris à devenir a commencé sa vie avec lui ; il m'a aidée à me comprendre, à écouter mon cœur, à écouter les autres plutôt que de me préoccuper de ce qu'ils pensent de moi. Il fait partie de moi pour toujours.

C'est lorsque je regarde les photos qu'il a prises que je vois à quel point son apport est important. Je pourrais presque croire les gens qui me disent que j'étais chanceuse d'avoir été là pendant son existence, peu importe le temps que ça a duré. La chaleur et le bonheur dans les yeux des enfants qu'il a photographiés racontent l'histoire de la personne merveilleuse qu'il était, comment il était attentionné, sensible et passionné. Voir l'effet qu'il

a eu sur d'autres personnes et savoir que je suis celle qu'il a choisi d'aimer est l'une des plus grandes joies de ma vie.

Ce matin, j'ai reçu une lettre de la mère de Loup.

Tessa,

Merci énormément pour ta lettre et les photos. Elles m'ont brisé le coeur et m'ont rendue heureuse en même temps. Je suis émue par l'affection et l'amour immense qu'ont témoigné ses amis aux funérailles. Je regrette de ne pas avoir passé plus de temps avec mon si merveilleux fils. J'espère qu'il savait à quel point je l'aimais.

J'ai joint une lettre que Loup m'a envoyée il y a quelque temps. Je chéris tout ce qu'il m'a donné, mais ceci, je crois, t'appartient.

Avec mes meilleurs voeux,

Chloé

Épilogue

Chère Chloé,

J'espère que vous allez tous bien à Glasgow et que le soleil écossais commence à percer un trou dans les nuages pluvieux.

Tessa, la fille que j'ai mentionnée dans ma dernière lettre, est maintenant ma petite amie. Peux-tu croire ça? Elle est géniale. Elle est belle et brillante et drôle et ne pense pas que je suis un crétin. Mais elle est aussi incroyablement gentille et sensible, et elle n'a aucune idée à quel point elle est merveilleuse. Quand je me réveille le matin et que je me souviens qu'elle est ma copine, je pense que je suis le gars le plus chanceux au monde. Ai-je mentionné qu'elle était belle? Nous passons tout notre temps libre ensemble; nous sommes allés à Bridlington la semaine dernière et j'ai pris une photo d'elle au bord de la mer (c'est dans l'enveloppe — n'est-elle pas jolie? Elle déteste être prise en photo.). J'aimerais que tu la rencontres; tu tomberais amoureuse d'elle toi aussi. Je sais que ton horaire ne te permet pas de venir souvent en Angleterre, mais si tu penses le faire dans un avenir proche, fais-nous signe et nous irons tous prendre un café ou quelque chose comme ça. Je suis juste super fier d'être avec elle et je veux la présenter à tout le monde.

Transmets mes salutations à Angus, Sasha, Hannah et April. Je t'aime, maman.

David

génération

La nouvelle collection pour jeunes adolescentes.

Des romans à la fois drôles et tristes, intenses et légers.

génération

De la même auteure

génération

KATE LE VANN

ce que je sais
sur
L'amour

ÉDITIONS DE MORTAGNE

CE QUE JE SAIS SUR L'AMOUR ?

♥ Pas grand-chose... Mais je sais que :

1. Les gars ne vous disent pas toujours la vérité. ♥

2. Ce qui se passe entre deux personnes reste rarement secret.

♥ 3. Survivre à une peine d'amour peut être (trrrrrrrrrrrès) long. ♥

La vie amoureuse de Livia n'a jamais été du genre conte de fées. Nulle ou décevante serait plus proche de la réalité. Et la maladie en est la principale responsable... Mais cet été-là, un répit lui est enfin accordé pour ses dix-sept ans.

Lorsque sa mère (poule) accepte qu'elle aille rejoindre son grand frère, qui étudie aux États-Unis, Livia est en transe. Pour une fois dans sa vie, elle compte bien s'amuser et profiter de sa nouvelle liberté.

Et qu'est-ce qui peut arriver quand on se retrouve à des milliers de kilomètres de chez soi ? L'amooooooooooooour !!!!!!!!!

De la même auteure

C'était écrit...

J'ai connu une fille qui s'appelait Sarah. Je l'aimais plus que tout au monde. Mais elle est morte avant que j'aie eu la chance de bien la connaître. Elle avait vingt-six ans. C'était ma mère.

Passer l'été à Londres, chez sa grand-mère maternelle… Voilà qui est loin de l'idée que Rose se faisait de ses vacances. Quel ennui !

Toutefois, dès son arrivée, deux événements inattendus l'amènent à changer d'avis :

1) la rencontre de Harry, un étudiant qui effectue des travaux chez sa grand-mère. Vraiment très beau mais aussi trèèèès énervant !!!

2) la découverte du journal intime de sa mère, que Rose trouve dans le placard de l'ancienne chambre de Sarah. Journal qui dévoile des faits troublants à la jeune fille…

Poussée par Harry, Rose partira à la quête de la vérité. Elle doit savoir si elle vit dans le mensonge depuis toutes ces années. Au fil de leurs recherches, un amour timide naîtra entre eux. Mais il y a Maddie, l'étudiante-beaucoup-trop-belle qui tourne autour du jeune homme…

Dans la même collection

génération

Audrey Parily

Quand l'amour
s'en mêle

ÉDITIONS DE MORTAGNE

AMIES À L'INFINI
Tome 1. Quand l'amour s'en mêle

Ophélie a quinze ans, le cœur brisé, et autant envie de reprendre l'école que de se faire arracher une dent sans anesthésie. Disons seulement que la fin de sa 3e secondaire n'a pas été une partie de plaisir ! Entre le rejet d'Olivier (cœur en miettes pour toujours) et les coups bas que Zoé – son ex (?) meilleure amie – et elle se sont faits pendant des semaines, non, vraiment, Ophélie n'a pas du tout la tête à retourner à l'école.

Zoé, de son côté, ne sait toujours pas si elle doit pardonner à Ophélie. Mais à qui d'autre parler de ce qu'elle ressent dès que Jérémie s'approche un peu trop près ? Elle qui se contrôle si bien d'habitude, la voilà qui bafouille et rougit dès qu'il la regarde ! Tomber amoureuse n'était pas dans ses plans... et encore moins de Jérémie !

C'est au milieu de tout ça que *Chloé* arrive de Paris, sauf qu'elle ne pense qu'à une chose : repartir (et au plus vite !!!!!!). Québécoise de naissance, elle a toujours vécu en France et n'avait aucune envie de venir passer un an au Québec. D'ailleurs, elle ne pardonnera jamais à ses parents de l'avoir déracinée et forcée à quitter F-X, son chum. (Non mais, quelle idée !)

Les trois jeunes filles commencent donc une nouvelle année sans enthousiasme, mais qui sait ce qu'elle leur réserve ? Entre questionnements, rêves, amours et amitiés, Ophélie, Zoé et Chloé verront leur vie changer. Sauront-elles s'adapter ?

Dans la même collection

AMIES À L'INFINI

génération

Audrey Parily

Vérités et
conséquences

ÉDITIONS DE MORTAGNE

AMIES À L'INFINI
Tome 2. Vérités et conséquences

Les vacances de Noël n'ont pas été de tout repos pour Ophélie, Zoé et Chloé...

Ophélie a le cœur en miettes (encore !), mais elle ne peut s'en prendre qu'à elle-même. Quelle idée, aussi, de se faire passer pour une autre fille auprès d'Olivier ! Et que dire de sa réaction lorsqu'il l'a appris... Ophélie a donc décidé de faire une croix sur une éventuelle histoire d'amour avec lui, et ce, DÉ-FI-NI-TI-VE-MENT. Et tiens, pourquoi ne pas tirer un trait sur TOUS les gars de la planète, au passage ?

De son côté, après un choix déchirant, *Chloé* se retrouve elle aussi dans le cercle des célibataires. F-X fait désormais partie du passé. Déterminée à ne pas se laisser abattre, elle se tourne vers l'équitation, rencontre de nouvelles personnes et finit même par envisager de terminer son secondaire au Québec. Et l'amour, dans tout ça ? Frappera-t-il à nouveau à sa porte ?

Quant à *Zoé*, elle flotte sur son nuage depuis qu'elle sort avec Jérémie. Jusqu'au fameux party de la Saint-Valentin... qui s'annonce des plus explosifs ! Entre les sentiments que Jessica développe pour SON amoureux et le comportement surprenant de ce dernier, Zoé est sur le point de craquer... et de le laisser !

À chaque vérité, sa conséquence... Les trois amies le découvriront à leur manière et devront apprendre à vivre avec leurs décisions. Complications imprévues, amours et rebondissements seront au rendez-vous. Heureusement que les filles peuvent compter sur l'amitié qui les lie pour tout surmonter et finir l'année scolaire en un seul morceau !

Dans la même collection

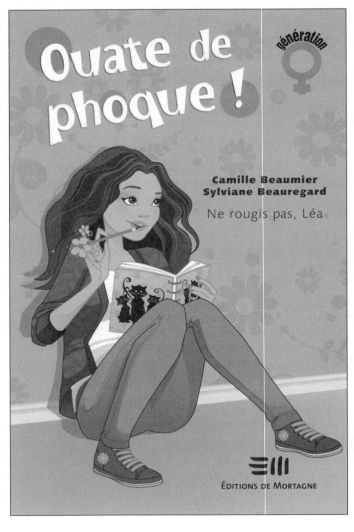

Ouate de phoque !

Tome 1. Ne rougis pas, Léa

Léa adore : sa *BFF* *Lily* ; son carnet avec des chats tout choupinet ; l'**HALLOWEEN** ; NYC ; le jour du pâté chinois à la café ; les biscuits de mamie 🍪🍪🍪🍪 ; Ouija ; faire des listes pour prendre sa vie en main.

Léa déteste : rougir à tout propos ; quand son père CAPOTe sur les protéines ; quand sa mère lui <u>souligne à grands traits</u> ses fautes de français ; le *cheerleading* et l'adultite aiguë sous toutes ses formes.

Léa rêve : de sortir avec **ANTOINE**, qui ne semble pas voir qu'elle l'**aime**, parce que c'est un gars et que les gars ne comprennent pas **toujours** du premier coup ; d'avoir une mère-ordinaire-pas-féministe et des faux cils bioniques.

Quand sa vie **DÉRAPE**, Léa peut toujours compter sur les précieux conseils de *Lily* ; sur les fabuleux biscuits de 🍪🍪🍪 et sur sa propre extralucidité. Et, surtout, sur sa **A-Liste**...

Dans la même collection

Ouate de phoque !

génération

Camille Beaumier
Sylviane Beauregard

Trop dur
d'être une ado

ÉDITIONS DE MORTAGNE

Ouate de phoque !

Tome 2. Trop dur d'être une ado

Léa adore : Antoine qui a enfin compris ce qu'il devait comprendre ; sa *BFF* Lily ; ses amis ; la Saint-Valentin ; faire des anges dans la neige pendant une tempête et les fameux biscuits de LULU.

Léa déteste : quand ses parents ne réalisent pas qu'elle n'a plus CINQ ans ; PVP quand il donne des conseils nuls (trop souvent !) ; la CHICANE ; les musées et, par-dessus tout, la vie qui CHANGE tout le temps d'idée.

Léa rêve : de réussir à poser ses faux cils bioniques et, SURTOUT, d'aller à NYC avec sa mère pour rencontrer le Chrysler Building en personne.

Le congé de Noël terminé, Léa reprend le CHEMIN de l'école. AMOURS, amitiés, activités scolaires et parascolaires, tout lui réussit. Elle se sent enfin en plein contrôle de sa vie. Lorsque Océane sème un doute dans son esprit trop naïf, Léa regarde sa vie d'un œil neuf. Et si Océane avait raison... Si sa vie était sur le point de basculer... pour vrai ?

À paraître au printemps 2013

Ouate de phoque !

Tome 3. Serpents et échelles

Léa adore : les vacances d'été ; **Antoine** ; les LUCIOLES ; sa *BFF* Lily ; Lulu ; son sous-sol MITEUX mais chaleureux et les choses qui ne changent pas.

Léa déteste : la fin des VACANCES ; la poésie scientifique (**BEURK !**) ; quand sa mère féministe l'oblige à s'impliquer dans les activités de son école, qui fait toujours la guerre aux BISOUS.

Léa rêve : de réussir à ROUGIR intérieurement ; d'être réélue présidente de sa classe ; que **PVP** soit plus Cool et de mieux connaître Lancelot, le nouveau de la classe.

Après le plus BEL été de sa vie, Léa retourne à l'école. Elle y retrouve ses AMIS, ses **ennemies** aussi et des règlements plus poches que ceux de l'an dernier. À l'école, tout est sur la coche. À la maison ? La santé de LULU vacille, ce qui risque de changer la vie de Léa. Comment rester **zen** quand le sort transforme soudain votre vie en jeu de SERPENTS et échelles ? C'est le défi que Léa devra relever.

Achevé d'imprimer au Canada
sur papier 30 % recyclé
sur les presses de Imprimerie Lebonfon Inc.

procédé
sans
chlore

30 % post-
consommation

archives
permanentes

Tessa
et
l'amour

Tessa est désespérée à l'idée d'avoir un jour un chum. Sa meilleure amie, Mathilda (incroyablement belle avec ses cheveux fabuleusement acajou et sa peau extraordinairement resplendissante), file le parfait amour avec Lee depuis un an, contrairement à elle, qui est toujours, désespérément, totalement, seule. Bon, il faut reconnaître que personne n'a su éveiller son intérêt jusqu'à présent. Trouver un garçon mature, et beau, ET qui lit les journaux, ça n'a rien de facile, surtout quand on a seize ans !

Mais quand il s'agit de sauver la forêt à côté de chez elle, menacée par la construction d'un centième supermarché, Tessa est hyper motivée (bien plus que pour trouver l'amour !). Et si ce garçon – vraiment original et au surnom peu commun – qu'elle croise le jour de la manifestation était celui qu'elle espérait ?

La vie telle que Tessa la connaissait est sur le point de basculer… Pour le meilleur ou pour le pire ?

ISBN 978-2-89662-211-5

9 782896 622115